천명

신라와 가야 그리고 고대 일본을 오간
전설속의 영웅들

천명

신라와 가야 그리고 고대 일본을 오간
전설속의 영웅들

손대준 지음 | 이진호 옮김

정인 출판사

지은이 손 대 준

- 일본 호세이(法政)대학 및 동 대학원 졸업, 문학박사
- 경기대학교 교수, 인문대학장, 중앙도서관장,
- 한국일어일문학회 회장 등을 역임
- 현재, 사단법인 한일협회 회장

옮긴이 이 진 호

- 원광대학교 사범대학 일어교육과 졸업
- 일본 동경 가쿠게이(学芸)대학 대학원 졸업
- 일본 니쇼가쿠샤(二松学舎)대학 대학원 졸업, 문학박사
- 현재, 원광대학교 사범대학 일어교육과 교수

천 명 天命

초판 인쇄 2009년 8월 3일
초판 발행 2009년 8월 15일
지은이 손대준
옮긴이 이진호
펴낸이 정봉선
펴낸곳 **정인출판사**
130-070 서울시 성동구 도선동14 신한넥스텔 1506호
Tel 922-1334, Fax 925-1334
E-mail junginbook@naver.com
블로그 blog.naver.com/junginbook
등록 제303-1999-000058호
ISBN 978-89-89432-96-8(03800)

玄海の荒波を越えて
著　者 孫 大俊
發行者 小玉圭太
發行處 株式會社 幻冬舍르네상스
東京都澁谷區千駄谷4-9-7
電話 03-5411-6710
http:/www.gentosha-r.com
ⓒ SOHD DAEJUN, GENTOSHA RENAISSANCE 2008
Printed in Japan
ISBN 978-4-7790-0375-2 C0093

* 값은 뒷 표지에 있습니다.

프롤로그

지금으로부터 26년 전인 1983년, 나는 「天日矛의 전승에 관한 연구」라는 논문을 발표했다.

언젠가 나는 이것을 테마로 소설을 써보겠노라고 생각을 했는데 그 동안 바쁜 생활에 얽매이다보니 그 실현을 보지 못하다 이제야 겨우 그 뜻을 이룰 수 있게 되었다.

이것을 테마로 소설을 써보겠노라고 마음먹었던 이유는 <신라의 왕자가 왜국 출신의 사랑하는 아내를 찾아 망망대해를 건너 이국땅에 건너가 때로는 강의 급류를 거슬러 올라가기도 하고, 때로는 험준한 산을 넘기도 하며 수천리길을 찾아 헤맸다>라고 하는 너무나도 순박하고 헌신적인 사랑에 감동을 받았기 때문이다.

이 설화를 담고 있는 『고사기(古事記)』나 『일본서기(日本書紀)』는 본디 특정한 정치적 목적에 의해 만들어졌는데 그 한계에도 불구하고 일모(日矛)라는 주인공에 대한 일본 왕실의 예우가 매우 호의적이라는 것도 나의 관심을 끌기에 충분했다.

다시 말하면, 당시까지만 해도 대륙과 왜국간의 교류는 아직 상대방을 헐뜯거나 왜곡하는, 이를테면 정치적 목적이 두드러지게 나타나 있지 않았다는 이야기이다.

그래서 나는 <일모설화>를 중심으로 당시 신라와 가야, 그리고 왜국간의 인물교류를 픽션을 통해 한번 순수하게 다루어보고자 했던 것이다. 그러나 막상 작업을 시작해보니 여러 가지 어려운 문제들이 나를 괴롭혔다.

그 첫째는 이 내용이 한·일양국간의 이해관계와 결부되는 측면도 있어 픽션이라고는 하나 혹여 양국국민의 미묘한 감정을 건드리지나 않을까하는 우려에서였다.

그러나 <신화>는 어디까지나 신화이지 <역사>가 아니다. 신화를 마치 역사적 사실처럼 억지 부리려 든다면 거기에는 아전인수(我田引水)가 일어나고 견강부회(牽强附會)가 생기기 쉽다.

이 이야기는 어디까지나 신화를 통하여 전승되어온 내용을 테마로 한 이야기책이지 역사서가 아니라는 점을 우선 독자여러분들은 염두에 두셨으면 한다.

둘째로는 이 이야기에 등장하는 인물들의 칭호를 어떻게 할 것인가 하는 것이었다.

즉 신라 측 기록을 보면, 물론 시기적인 문제도 있기는 하나 <왕명>에 대해서 거서간(居西干)·차차웅(次次雄)·니사금(尼師今)·마립간(麻立干)등 여러 가지로 표기되어 있다. 그래서 이 책에서는 명칭상의 번거로움을 피해 일단 모두 <왕>으로 통일했다. 일본의 경우 또한 마찬가지로, 위에 예로 든 책에는 모두 <천황>이란 칭호가 사용되고 있으나, 실제로 6,7세기경까지의 시점에서는 <천황>이라는 명칭은 아직 사용되지 않았다. 그래서 일본의 경우도 모두 <왕>이라 표기하기로 했다.

셋째로, 신화나 전승된 내용의 경우 연대의 비정(比定)은 그다지 큰 의미를 갖지 않으나 일단 이야기의 전개상 그 전후관계를 맞춰야만 했다. 예를 들어 일본 측 사료에 의하면 숭신(崇神)의 생존연대는 기원전148~30년으로 118세까지 산 것으로 되어 있다. 그러나 이것은 어디까지나 신화적 관점에서 본 것이고, 학계에서는 대체로 서기 2~3세기경으로 보는 것이 일반적으로 이 책에서는 이를 기준으로 삼기로 했다.

한편 신라와 가야의 건국은 학계에서는 3세기 말 내지는 그 이후로 보는 것이 일반적이나, 이 책에서는 일본의 숭신보다 약간 거슬러 올라가 전개되는 점을 감안하여 기원전 1세기경으로 상정했다.

일모전설은 『일본서기』에는 10대 숭신, 11대 수인(垂仁)기의 내용으로 기록되어 있으나 『고사기』에는 그것이 15대 응신(應神)기로 되어 있다. 이것도 어느 쪽인가에 맞추지 않으면 안 되었다. 그래서 이 책에서는 『일본서기』쪽의 기록양도 많고 그 기술도 구체적이어서 그쪽에 무게를 두기로 했다.

이러한 사료에 의한 기술상의 차이는 한국 측에도 있다. 예를 들면 신라의 시조 혁거세(赫居世)의 탄생에 관해 『삼국유사(三國遺事)』에는 하늘에서 내려온 육촌장(六村長)들이 자신들의 자제들을 라정(蘿井)이라는 우물가에 데리고 가 백마와 더불어 강림(降臨)한 보랏빛 알을 보았다고 되어 있는데 반해『삼국사기(三國史記)』쪽에는 육촌장들은 하늘에서 내려오지 않았고, 또한 라정에서 보랏빛 알을 본 것은 고허촌(高墟村)의 촌장 소벌공(蘇伐公)뿐이라고 되어있다.

김알지(金閼智)의 출생담에 대해서도『삼국사기』에는 왕이 시림(始林)속에서 닭 우는 소리를 듣고 새벽녘에 호공(瓠公)을 보내 조사하게 한 뒤, 후에 사람을 보내 그 궤를 가져오게 했다고 되어 있는데 반해『삼국유사』쪽은 호공이 먼저 시림안의 광경을 본 후 왕에게 보고하고 그 다음날 왕이 직접 가서 궤를 가져왔다고 기록되어 있다. 이것도 그 어느 쪽인가를 선택해야만 했다.

아울러 여기에서 꼭 한 가지 언급해두고자 하는 것은 이 이야기에 등장하는 고유명사에 관한 것으로, 이를 실제의 구체적 사항과 결부시켜서는 안 된다고 하는 점이다.

예를 들면, 독자들 가운데는 이 책이 일모를 기마왕(祇魔王)의 이복동생으로 상정하고 있다든지, 탈해(脫解)가 태어난 다파나국(多婆那國) 혹은 용성국(龍城國)을 대마도(對馬島)로 설정하고 있는데 대하여 이의를 제기하는 분이 계실지 모른다.

실제로 전자와 관련해서는「고려국의 의여산(意呂山)에 하늘로부터 내려왔다」라고 하는 일본『풍토기(風土記)』의 기록을 근거로 그 땅을 울산으로 상정하는 견해가 있는가 하면, 그 땅을 가야(伽倻)의

한 지방이라 주장하는 분도 계신다. 또한 후자와 관련해서는 『삼국사기』가 「왜의 동북 1천리」라 기록하고 있는 것을 근거로, 그 위치가 일본의 사와(佐波), 단바(丹波), 이즈모(出雲), 북구주(北九州) 등이라 주장하는 분도 계신다. 그러나 그 어느 쪽도 확실한 역사적 뒷받침이 있는 것은 아니다.

그래서 이 책에서는 『삼국사기』에 기마왕이 적자(嫡子)라 기록되어 있는 점을 감안하여 이복동생이 있었다는 전제하에 일모를 그 동생으로 상정했다. 또한 탈해가 태어난 <다파나국>은 기록상으로 보아 내륙지방으로는 생각되지 않고 <동북>이라는 방향제시나 <1천리>라 하는 거리도 그렇게 엄밀한 것은 아닐 것으로 생각된다.

중국의 경우도 『삼국지(三國志)』위지(魏志)에는 한국에서 「바다를 건너 1천여 리 대마도에 이른다. 또 남쪽으로 바다를 건너 1천여 리 일대국(一大國, 壹岐)에 이른다. 또 바다를 1천여 리를 가면 말로국(末盧國, 松島)」에 이른다고 기록되어 있는데, <1천리>라 기록하고 있는 이들 세 지역 간의 실제거리에는 큰 차이가 있다.

더욱이 이 나라에는 <팔품(八品)>이라 해서 신라의 골품(骨品)과 매우 흡사한 신분제도가 있었고, 탈해도 당초부터 자신이 갈 곳으로 가야나 신라를 목표로 삼고 있어서 이들은 매우 밀접한 관계에 있었던 것이다. 그래서 이와 같은 이유로 이 책에서는 <다파나국>을 대마도로 상정했다.

그 밖의 인명이나 지명등 고유명사는 사실(史實)에 의하기보다는 어디까지나 저자의 창안임을 밝혀두고자 한다.

마지막으로, 이 책에 나타나는 인물의 왕래는 주로 천명 (天命)에 의한 것이거나 혹은 남녀 간의 순수한 사랑이 매개된 것이다. 한 나라의 사신자격으로 오고간 경우도 없진 않으나 거기에는 아직 적대적 의도를 갖는 왕래는 엿볼 수 없다.

우리는 이를 통하여 먼 옛날 바다를 오간 사람들의 아주 소박한 교류의 원형을 엿볼 수 있으리라 생각한다.

차례

프롤로그 • 5

1. 서라벌의 **별** .. 13

하늘에서 내려온 백마   13
닭 부리 공주   22
표주박 재상   29
천제의 노여움   40

2. 반월성의 **주인** .. 49

적룡의 호위를 받으며   49
아진포의 노파   55
용호상박   61
반월성의 해후   68
왕자(王者)의 덕목   83

3. 두 개의 금란(金卵) .. 91

계림의 금란   91
구지봉의 금란   101
비단왕후의 진노   109
이국의 하늘아래   117

4. 일모(日矛)왕자의 순정 .. 137

나는 뱀의 아들이로소이다   137
왜국으로 가는 여정   143
빨간 구슬에서 태어난 여인   150
임 찾아 2만 리   161
보검의 행방   171

한국어판을 내며 • 181
옮긴이의 말 • 185

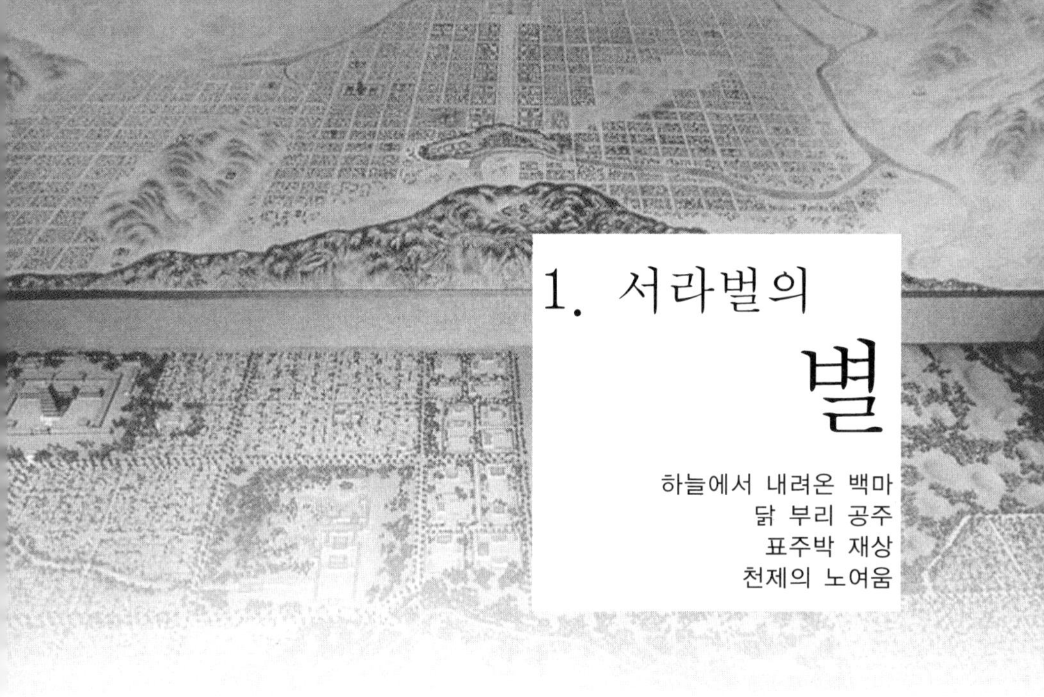

하늘에서 내려온 백마

기원전 1세기경 지금의 한반도 경주지역 일대에 서라벌(徐那伐)이
라는 나라가 있었다.

서라벌이 세워지기 이전까지 이 지역 사람들은 각기 흩어져 자신들
만의 씨족 마을인 육촌(六村)을 이루고 있었으며, 그 여섯 마을은
각자의 촌장을 추대한 채 다른 지역과는 별다른 내왕 없이 농사를

지으며 평화롭게 살고 있었다.

이렇듯 양산촌(楊山村)·고허촌(高墟村)·진지촌(珍支村)·대수촌(大樹村)·가리촌(加利村)·고야촌(高耶村)으로 이뤄진 육촌은, 마을의 대표자인 촌장들이 각기 이(李)·최(崔)·정(鄭)·손(孫)·배(裵)·설(薛)이라는 성(姓)을 가지고 있었다. 이들은 본래 서라벌 땅의 전통적인 토착민으로, 그 씨족의 후예들은 오늘날까지도 경주 지역 일대에 많이 살고 있다.

이 이야기의 발단이 되는 나정(蘿井)이라는 샘은 그들 육촌 가운데 하나인 양산촌 어귀에 자리 잡고 있었다. 양산촌은 그 지명이 말해주듯 양산 산기슭에 위치하고 있었으며, 나정이라 불렸던 샘 또한 수령이 수백 년이나 되는 아름드리 노송들로 가득 찬 숲속에 자리하여 늘 맑고 깨끗한 물을 유지하고 있었다.

어느 날 이웃마을인 고허촌의 촌장 소벌도리(蘇伐都利)가 들일을 하러 나왔다가 무심코 먼 산을 바라보게 되었다. 그 순간, 나정이 자리한 숲속에서 무엇인가 영묘하고도 상서로운 서기(瑞氣)가 뻗쳐 나가는 것이 그의 눈에 들어왔다.

이상한 느낌에 사로잡힌 소벌도리가 자신의 눈을 의심하며 그 쪽을 가만히 응시하고 있던 바로 그 때, 하늘에서 갑자기 번개와 같은 섬광이 번뜩이더니 눈부시게 아름다운 백마가 그 빛을 타고 나정 쪽으로 달려 내려오는 것이 아닌가!

몹시 놀란 소벌도리에게 그 장면은 마치 이 모든 것이 꿈이 아닌가 하는 착각을 일으키기에 충분했다. 그러나 잠시 멈칫했던 소벌도리의 몸은 이미 자신도 모르게 정신없이 그쪽을 향해 달려가고 있었다.

가까이 가보니 하늘에서 내려온 백마는 무엇인가를 향해 무릎을 꿇고 절을 하고 있었고, 그 앞에는 영롱한 자주빛을 띠는 커다란 알이 놓여있었다.

잠시 후 백마는 사람이 가까이 오는 것을 의식해서인지 하늘을 향해 한번 사나운 짐승처럼 포효하고는, 하늘 높이 사라져버렸다.

참으로 괴이한 일이었다.

말이 승천하는 모습을 넋을 잃고 바라보고 있던 소벌도리는 한참이 지난 후에야 제정신을 차리고는 그 자리에 남겨진 알을 조심스레 품에 안고 집으로 향했다.

집에 돌아온 소벌도리는 넓은 판 위에 알을 올려놓고 그것을 살며시 만져보았다. 알에는 아직 훈훈한 온기가 남아있었지만 이상하게도 야릇하고 상쾌한 감촉이 가슴에까지 전해져왔다.

소벌도리는 그 알을 보면서도 그것이 과연 백마가 거기에 낳은 것인지, 아니면 하늘에서 운반해 온 것인지 도무지 알 도리가 없었다. 그러나 그는 직감적으로 하늘에서 내려 온 그 알이 고귀하고 영묘한 신물(神物)이라는 것만큼은 분명히 알 수가 있었다.

이윽고 소벌도리는 목욕재계로 심신을 맑게 한 후 알을 한번 깨보기로 마음먹었다. 그러자 바로 그 때, 저절로 알이 깨지면서 그 속에서 수려한 사내아이 하나가 나타나는 것이 아닌가!

순간, 소벌도리는 자신의 눈을 의심하지 않을 수 없었다. 그 아이의 용모가 거룩하리만큼 단정하고 온몸에서 영롱한 빛을 발하고 있었기 때문이었다.

소벌도리는 그 아이를 들판 북쪽에 위치한 <사뇌야> (詞腦野)라 불리는 동천(東泉)계곡으로 소중히 안고 가, 맑은 물로 그의 몸 구석구석을 깨끗하게 씻겨주었다. 목욕을 마쳤음에도 동자의 몸은 여전히 고상한 향기가 풍기고 눈부신 빛은 여전했다.

그리고 신기하게도 동자의 주위는 어느새 주변에서 몰려든 새와 짐승들로 가득 차기 시작했다. 이 온갖 종류의 금수들은 마치 천자(天子)의 왕림을 만천하에 알리기라도 하듯 제각각 즐겁게 지저귀고 기쁘게 춤추며 노래를 불러댔다. 천지는 온통 축복에 넘쳤으며, 때마침 이 날의 해와 달은 한층 더 청명하기만 했다.

이 세상에 살고 있는 모든 생명체가 아이의 등장을 이토록 기뻐하는 모습에서 이 아이가 분명 보통사람이 아님을 말해주고도 남았기에, 사람들은 모두 이 아이야말로 새로운 나라를 세우고 만백성을 다스릴 고귀한 존재이며 천신(天神)이 보내신 거룩한 분임에 틀림없다고 생각했다.

소벌도리와 그 밖의 마을 대표자들은 우선 아이의 이름을 어떻게 지을 것인가에 대해 거듭 고심했다. 그 결과, 사람들은 <박과 같은 큰 알에서 태어났다>해서 아이의 성을 <박> (朴)이라 짓고, <밝은 빛

으로 세상을 다스리다>라는 뜻에서 이름을 <혁거세> (赫居世)라 부르기로 했다.

혁거세는 이 세상에 태어나면서부터 모든 면에서 일반사람들과는 비교할 수도 없을 만큼 뛰어났으며, 점차 자라면서 그 총명함이 더해져만 갔다. 또한 그의 위엄에 넘친 언동과 비범한 생김새는 그야말로 왕자(王者)다운 면모를 나타내, 혁거세는 사람들의 기대와 존경을 한 몸에 받으며 쑥쑥 자라났다.

이처럼 왕자다운 면모를 지닌 혁거세에 대한 소문은 마침내 그 지역은 물론 주변의 여러 지역에까지 전해지게 되었고, 그에 따른 만인의 평판과 기대는 날로 높아져만 갔다.

한편, 이른바 사로(斯盧, 신라의 옛 이름)에 속했던 이 육촌 지방은 사람이 살기 좋은 넓은 평야와 온화한 기후로 인해 자연스레 주거지가 밀집될 수밖에 없었고, 이렇듯 인구가 늘어감에 따라 당시 이들 여섯 마을 안에서는 여러 가지 까다로운 문제들이 자주 발생하게 되었다.

게다가 살기 좋은 곳을 찾아 근처의 여러 지역으로부터 유입되는 사람들이 하나 둘 늘어남에 따라 뜻하지 않았던 복잡한 문제가 생기는 경우도 적지 않았다. 안으로는 마을과 마을 사이에서 벌어지는 분쟁에서부터, 밖으로는 이웃나라의 침입이나 약탈 행위 등이 빈번하게 일어났던 것이다. 때문에 육촌의 대표자들은 이러한 문제들을 해결할 수 있는 공동의 대책을 강구하지 않으면 안 되었다.

바꾸어 말하자면, 마을과 마을의 분쟁을 해결해야할 필요성이 대두되었을 뿐만 아니라, 종국에는 여섯 마을 모두가 힘을 합쳐 스스로의 규율과 체제를 갖추고 외부로부터의 부당한 침략을 방지하기 위한 강력한 기구, 즉 나라를 세워야겠다는 결론에 이르게 된 것이다.

그리하여 육촌의 대표자들은 이 문제에 대해 진지하게 토론하기 위해 각기 마을 사람들을 대동하고 알천(閼川) 언덕에 모였다. 그곳은 제법 넓은 터를 가진 완만한 구릉지역으로, 중요한 집회가 있을 때마다 자주 이용되던 곳이어서 이를테면 육촌의 집회 장소였던 셈이다.

때는 기원전 59년의 어느 봄날로, 남쪽으로 늘어진 구릉지 일대의 풀밭에는 어지간히 파릇파릇한 새싹이 돋아나고 있었다.

회의에서는 꽤 활발한 논의가 전개되었다. 먼저 육촌이 종전처럼 그다지 중요치 않은 사소한 일로 인해 서로 반목하거나 다투는 일을 중지하고 금후 서로간의 공동이익을 위하여 협의해 나간다는 것, 그리고 최근 들어 이웃 여러 나라의 침입이 자주 일어나고 있는데 이들 외적(外敵)들에 대해서는 육촌이 협력해서 대처해나가자는 것 등이 그 주된 내용들이었다.

그런데 회의가 마무리 단계에 이르렀을 무렵, 촌장 가운데 한사람인 소벌도리가 불쑥 일어나더니 갑자기 일동을 향해 입을 열기 시작했다.

'여러분! 지금까지 우리들은 장시간에 걸쳐 우리들의 마을과 관련된 여러 가지 문제들에 대해 의견을 주고받았으나, 마지막으로 한 가지 아주 중요한 일에 대해서 논의해 주었으면 하오.'

소벌도리가 이렇게 말하자 좌중은 순식간에 물을 끼얹은 듯 조용해졌다. 각 마을 대표자들과 몇몇 유지들은 이미 소벌도리가 논의코자 하는 내용을 예측하고 있었던 것이다. 소벌도리는 다시 말을 이어나갔다.

'결국 우리들은 육촌민이 모두 사이좋게 아무런 걱정 없이 평화로이 살아갈 수 있기를 바라고 있는 것 아니겠소?'

'그렇소. 옳으신 말씀이오.'

'바로 그것이 우리들 모두의 염원이잖소.'

모든 사람들은 소벌도리의 의견에 찬동하듯 일제히 입을 모았다.

'그러기 위해서는 여태까지처럼 육촌이 각각 고립되어 사는 것은 바람직하지 않을 것 같소.'

그 때 어떤 촌장이 불쑥 일어나더니 소벌도리의 말에 문제가 있다는 듯 말을 꺼냈다.

'육촌이 고립되어 있다는 건 무슨 말씀이오. 그렇다면 지금까지 우리들이 이렇게 논의하고 있던 것들은 도대체 무엇이란 말이오?'

소벌도리는 이에 대해 조용하면서도 단연한 어조로 말을 이었다.

'이 몸이 사용한 고립이란 말이 그대의 마음을 편치 못하게 한 것 같구료. 내 표현에 서툰 점이 있었다면 미안하게 생각하오 하지만 내 말의 본심은, 육촌에는 각 마을의 독자성을 인정하면서도 전체를 하나로 아우를 수 있는 구심점이 필요하다는 것이었소. 좀 더 구체적으로 말하자면 육촌을 하나로 통괄해서 다스릴 수 있는 군주를 세우자는 것이오.'

<군주>라는 말에 좌중은 여기저기서 술렁이기 시작했다.

'결국 나라를 일으키자는 말이 아닌가?'

'그런 말이로군. 나라를 세운다는 것은 좋은 일이야.'

'그러나 누구를 임금으로 모시자는 것인가?'

'그런 훌륭한 분이 과연 계시는가?'

군중들의 웅성거림은 결국 군주를 세우자는 방향으로 모아지고 있었다. 이미 이러한 결과가 나올 것으로 예측하고 있었던 소벌도리였지만 많은 사람들의 뜻이 이렇게 쉽게 모아지리라고는 생각하지 않았다. 좀 더 격한 토론이 벌어질 것이라 예상했던 것이다. 그랬기에 소벌도리를 비롯한 육촌의 대표자들은 군중들이 웅성거리는 소리를 들으며 한참동안을 조용히 앉아 그들을 관망하고 있었다.

얼마간의 시간이 흘렀다. 군중들의 술렁거림이 어느 정도 가라앉자 회의의 의장격인 어느 마을 대표가 일어나더니 좌중을 주목시키며 묵직한 목소리로 말을 이었다.

'자, 여러분! 이제 내 이야기를 귀담아 잘 들어 주시오. 여러분의 이야기를 듣자니 지덕을 겸비한 훌륭한 인물을 군주로 추대하자는 것과 도읍지를 정하고 정식으로 나라를 세운다는 것에 대해서는 반대 의견이 없는 듯하오. 문제는 과연 어느 분을 군주로 모시느냐 하는

것인데, 이 점에 대해서 누군가 좋은 의견이 있으면 말해 보시오.'

이때 소벌도리가 다시 일어났다. <군주>를 뽑자는 말을 맨 처음 발설한 사람이니만큼 그의 입에서 또 무슨 말이 나올지 모두들 숨을 죽이고 지켜보고 있었다.

'군주를 세운다는 것은 우리들의 생명과 재산을 지키고 육촌의 운명을 좌우하는 매우 중차대한 문제라 생각하오. 그리고 군주라 하는 자는 본디 하늘이 내려주시는 것이라 생각하오.'

소벌도리의 이야기는 매우 엄숙하고 위엄이 있어 옆에서 무슨 말로 개재할 틈이 없을 정도였다. 좌중에서 기침소리 하나 나지 않을 만큼 무거운 긴장과 침묵이 흘렀다.

소벌도리의 표정 역시 무거웠으며 싸늘한 냉기마저 돌았다. 그는 다시 말을 이어나갔다.

'여러분도 아마 십여 년 전의 기이한 사건을 기억하고 있을 것이오. 하늘에서 백마를 타고 이 땅에 강림한 고귀한 분에 대한 이야기요. 그분의 이름은 박혁거세로, 그 총명함은 이미 주변 여러 나라사람들에게까지 잘 알려져 있소. 이 분을 우리 육촌을 다스리는 국왕으로 추대하면 어떨까하는데 여러분들의 의견은 어떻소!'

혁거세의 강림에 대해서는 모르는 사람이 없었다. 특히 그의 고매한 인품은 모든 사람들의 인정을 받고 있었던 터라 이 엄숙한 제의에 대하여 누구 하나 이의를 제기하는 사람은 없었다.

이렇게 해서 박혁거세는 육촌의 초대 왕으로 옥좌에 올랐다. 때는 기원전 57년, 혁거세의 나이 겨우 13살 때의 일이었으며, 그가 왕위에 오르며 탄생한 국가가 바로 서라벌이었다.

닭 부리 공주

혁거세는 어린 나이에 왕위에 올랐음에도 불구하고 즉위하자마자 자신의 모든 역량을 마음껏 발휘하며 나라를 온전히 다스리려 노력했다. 마치 자신의 이름이 뜻하는 바를 이루려는 듯 밝은 빛으로 열성과 성의를 다하여 세상을 다스리려는 혁거세의 모습에 백성들 또한 늘 감복해마지 않고 있었다.

그러던 중, 그가 즉위한지 5년째 되던 해, 이번에는 아름답고 현숙한 왕후를 모시자는 소리가 온 나라 안에서 뜨겁게 일어났다.

때마침 사양리(沙梁里)라는 마을에 미모와 재치를 겸비한 보기 드문 재원이 있다는 소문이 궁중에까지 전해졌다.

그 소문에 의하면, 사양리 마을의 어귀에는 알영정(閼英井)이라 불리는 맑은 우물이 있는데, 어느 날 이 우물가에 계룡(鷄龍)이 나타나더니 오른쪽 겨드랑이로 귀여운 여자아이를 낳고는 그 자리에서 바로 숨을 거두고 말았다는 것이다.

그때 우물 가까이에 살던 한 노파가 우연히 그 자리를 지나다 이기이한 광경을 목격하게 되었다. 하지만 노파는 매우 놀라 자신의 눈을 의심하면서도 이내 이 아이의 처신을 두고 심각한 고민에 빠졌다. 누군가의 보살핌이 필요한 이 불쌍한 아이를 그대로 놔두고 올 수도 없는 노릇이었고, 그렇다고 해서 다 늙은 데다가 겨우 끼니를 이어갈 정도로 어려운 자신의 살림에 어린 것을 데려다 훌륭히 키울 자신도 없었기 때문이었다.

어떻게 할까 망설이던 노파는 그 아이의 입술을 보자 또 한 번 크게 놀라지 않을 수 없었다. 아이의 입술이 사람의 입 모양이 아닌 닭 부리 모양을 하고 있는 게 아닌가!

놀란 노파는 그냥 포기하고 돌아서려했으나 한편으론 아이가 불쌍하다는 생각에 발걸음을 차마 옮길 수가 없었다. 하는 수 없이 노파는 다시 아이 곁으로 다가가 양손으로 조심스럽게 아이를 안아 올렸다.

계룡의 겨드랑이에서 태어났다고는 하나 아이의 용모는 그 무엇에 비할 수 없을 만큼 귀엽고 깜찍했다. 오직 닭 부리 입술만 아니었다면 어디 하나 나무랄 데 없는 그야말로 완벽한 천사의 모습 그대로였던 것이다. 노파는 보면 볼수록 애정이 느껴지는 이 아이를 데려다 성심성의껏 양육하기로 굳게 마음먹었다.

노파가 살고 있던 집 가까이에는 북천(北川)이라는 계곡이 흐르고 있었는데 이 북천은 아이가 태어난 알영정을 수원(水源)으로 하고 있었다. 노파는 그곳에 웅크리고 앉아 데려온 아이를 깨끗이 씻어주며 '부디 이 아이가 건강하고 정숙하게 자라날 수 있게끔 잘 보살펴주십시오'라고 천신(天神)에게 몇 번씩이나 간곡히 빌었다.

그런데 이것이 어찌된 일인가! 노파의 간곡한 기원이 하늘에 닿았는지 바로 그 순간, 묘하게도 아이의 닭 부리가 거짓말처럼 씻겨나가는 것이었다.

노파는 아이가 하늘에서 내려준 고귀한 신분임을 새삼 깨닫고, 천신에게 감사하며 그야말로 보물처럼 소중하게 정성을 다해 아이를 보살폈다. 또한 그 일이 있고 난 뒤부터 마을 사람들은 이 계곡을 <부리가 떨어졌다>라는 뜻에서 <발천>(拔川)이라 부르게 되었다.

노파는 아이의 이름을 아이가 태어난 우물 이름을 따서 알영(閼英)이라 지었다. 때문에 <우물가>에서 신묘하게 태어났다는 의미의 알영이라는 이름에는 본디 수신(水神)으로서의 신성성 또한 포함되어 있었다.

그 후, 노파는 알영과 함께 겨우 목숨을 이어갈 정도의 조그마한 논밭에 벼를 심고 여러 가지 야채를 가꾸며 그럭저럭 간신히 살아가고 있었다. 그런데 묘하게도 노파의 논밭에서 자라는 식물들은 알영의 손이 닿을 때마다 눈에 보이게 쑥쑥 자라나는 것이었다.

바야흐로 알영은 자라면 자랄수록 그 아름다움이 날로 더해져 온 나라 안에서도 견줄 사람이 없을 정도가 되었다. 게다가 그녀는 겉모습만 아름다운 것이 아니었다. 무엇보다도 여인으로서 몸가짐이 바르고 정숙했을 뿐만 아니라 노파를 친어머니처럼 따르고 모셔 그 효성이 여러 사람들의 입에 널리 오르내리게 되었다.

이러한 알영의 소문은 결국 온 나라 안에 퍼지게 되었고, 그녀가 혼인할 나이가 되자 여기저기서 혼담이 쇄도할 정도였다.

그 가운데서도 육촌의 유력자 자제들의 구혼 의뢰가 가장 많았다. 노파의 입장에서는 어느 것 하나 욕심이 나지 않는 혼담이 없었지만, 실상 알영 자신은 이를 마치 지나는 길에 개똥 보듯 할 뿐 아무런 관심도 보이질 않았다. 그러나 일언지하에 거절당한 상대방 입장에서 보면, 이는 자존심이 상하는 중대한 사건이었기 때문에 나중에는 알영을 욕하고 헐뜯는 사람까지 생겨났다.

'가난한 농부의 딸인 주제에 건방지다.'

'그 애가 태어났을 때 입이 닭 부리였다는데…'

'게다가 그 애비는 누군지도 모른데…'

'태생도 분명치 않고 신분도 낮은데 콧대만 높아서…'

이렇게 자신에게 향한 사람들의 악담이 알영의 귀에 흘러들어 가지 않았을 리가 없었다. 그러나 그녀는 이런 소문들에는 일절 개의치 않고 오로지 온 정성을 다해 노파를 돌보며 묵묵히 생업에 힘쓸 뿐이었다.

결국 알영에 대한 소문은 혁거세왕의 귀에도 전해졌다. 왕은 무엇보다도 계룡의 겨드랑이에서 태어났다고 하는 그녀의 영묘한 출생담에 대해 깊은 관심을 가지게 되었다. 당시 서라벌에서 <닭>은 가장 신성시되던 동물 중 하나였던 것이다.

때문에, 알영에 대한 소문을 접한 왕은 즉시 그녀를 입궁시킬 것을 신하에게 명하였다.

머칠 후, 알영은 곱게 단장을 한 채 다소곳한 태도로 왕 앞에 나타났다. 백옥 같은 피부와 아름다운 자태, 수선(水仙)과도 같은 수려함을 지닌 알영을 본 왕은 그녀에게 첫눈에 반해 완전히 넋을 잃을 정도였다. 그렇지만 왕은 애써 자신의 설레는 속마음을 감추고 냉정함을 가장한 채 알영에게 몇 가지를 물어보기 시작했다.

'그대의 이름은 무엇인고?'

'예, 알영이라 하옵니다.'

'알영이라고? 흔한 이름은 아니로군. 그 이름에는 뭔가 사연이 있는 것 같은데…'

물론 그녀의 이름에 대해 익히 잘 알고 있었던 왕이었지만 첫눈에 반해버린 탓에 그만 무슨 말을 어떻게 해야 할지 머뭇거리다 엉겁결에 나와 버린 질문이었다.

'예, 제가 태어난 곳이 알영정이라는 우물가라 하옵니다. 그래서 그 우물 이름을 따서 어머니가 지어 주신 것입니다.'

'그대의 어머니라 함은?'

왕은 물론 알영의 출생 내력에 대해서도 잘 알고 있었지만 그녀가 자신을 주워 기른 노파를 <어머니>라 부르는 것에 뭔가 사연이 있을 것 같다고 생각해 깊은 관심을 나타내며 물었던 것이다.

'예, 저는 본디 계룡의 몸에서 태어났다고 들었사오나 실제로 저를 오늘날까지 키워주신 분은 이름도 없는 가난하고 늙으신 촌부이십니다. 저는 지금까지 그 분을 절 낳아주신 어머니로 생각하고 정성껏 보살펴드리며 살고 있사옵니다.'

'그런가, 듣고 보니 그대도 참으로 묘한 출생 내력을 갖고 있군. 실은 나도 박처럼 큰 알에서 태어났다고 하네. <계룡과 알>이라. 이는 뭔가 각별한 인연이 있을 것 같군. 그대를 만나게 된 것은 아마도 거룩하신 천제(天帝)님의 뜻이리라.'

왕은 이렇게 말하고 잠시 후 다시 목청을 가다듬으며 말을 이었다.

'내가 그대를 왕후로 맞이하여 이 나라를 그대와 함께 번영의 나라로 만들어가고 싶은데 그대의 생각은 어떠하오?'

알영은 왕의 물음에 약간은 수줍어하면서도 담대하고 또렷하게 응대했다.

'저도 폐하가 영명하신 분이라는 것은 익히 들어 알고 있사옵니다. 이 서라벌을 훌륭한 나라로 만들어 가시는데 저의 작은 힘이나마 보탬이 될 수만 있다면 그것은 저에게도 크나큰 영광이 아닐 수 없을 것입니다.'

왕은 자신의 구혼에 대한 알영의 신속한 승낙에 기쁨을 감추지 못했다. 왜냐하면 내로라하는 육촌의 유력자 자제들의 구혼을 알영 자신이 모두 거절했다는 이야기를 익히 듣고 있던 터라, 비록 왕의 구혼이라 할지라도 과연 알영이 어떤 반응을 보일지에 대해 내심 불안한 마음이 있었기 때문이었다.

그러나 알영의 의지는 분명했을 뿐만 아니라, 그녀는 마치 자신의 운명을 이미 알고나 있었다는 듯 다시 말을 잇는 것이었다.

'저는 이미 수년 전부터 천신님의 계시를 받고 제 스스로 말과 몸가짐에 신경을 써오고 있었답니다. 왜냐하면 저의 온당치 못한 말이나 행실은 곧 폐하의 위신과 신성함에 누를 끼치는 것이나 마찬가지였으니까요.'

이 같은 알영의 말은 곧 입에서 입으로 전해져 순식간에 서라벌 전역에 널리 퍼져나갔다. 먼저 <콧대가 높다>고 험담하던 육촌 사람들은 자신들의 경솔함을 뉘우치고 마음속으로부터 알영을 존경하게 되었다.

그리하여 왕은 길일을 골라 성대한 의식을 거행하며 알영을 왕후로 맞이했다. 궁궐에 들어간 알영왕후는 왕을 도와 나라가 안정된 궤도에 오를 수 있도록 그를 내조하는데 온갖 노력을 아끼지 않았다.

즉 왕과 왕후는 안으로는 백성들에게 자비를 베풀고 산업을 장려하여 국력을 기르는 한편, 밖으로는 외적의 침입을 막기 위해 변방의 방비를 소홀히 하지 않았다.

이런 왕과 왕후의 선정이 얼마나 대단했으면, 북방 낙랑군이 서라벌에 침략해 들어왔다가 평화를 사랑하고 신의가 두터운 서라벌 사람들의 모습에 침입해온 제 자신들을 부끄러이 여겨 자진해 물러갈 정도였다.

또한 이러한 소문이 근린(近隣)의 여러 나라에까지 널리 퍼져, 혁거세 부처(夫妻)의 후덕을 흠모한 이웃나라의 백성들이 서라벌로 모여들기도 했다.

이와 같이 영명한 혁거세왕의 치하에서 백성들은 평화로운 생활을 영위할 수 있었으며 나날의 생업에 보람을 느끼며 살 수 있었다. 특히 농경과 양잠을 적극 장려했던 왕후 덕택에 백성들의 창고에는 곡물이 넘쳤으며 의식주 또한 걱정할 필요가 없었다. 자연스레 백성들은 그와 같은 왕과 왕후를 받들어 <이성인>(二聖人)으로 추앙하며 존경해 마지 않았다.

표주박 재상

혁거세가 왕위에 오른 지 8년이 지난 어느 날, 갑자기 바다 건너의 왜구들이 서라벌을 침략했다. 당시 왜국은 이도국(伊都國), 사마대국(邪馬台國), 구노국(狗奴國)등 3대 세력을 중심으로 100여국에 이르는 정치집단들이 공방을 거듭하고 있었는데, 이들 중 때로는 바다 건너 한반도 해안지대에까지 침입해오는 세력도 있었다.

이 왜구들은 그리 큰 규모는 아니었으나 수십 명 내지는 수백 명 정도가 일거에 몰려올 때도 있었다. 그렇지만 서라벌을 침범해온 왜병들은 혁거세왕에게 신덕(神德)이 있다는 것을 알고는 곧 모두 철수해버렸다고 한다.

또한 혁거세가 서라벌을 치세한 지 30여년이 지날 무렵, 낙랑군이 대거 침입해왔다. 그러나 낙랑군 병사들은 이 지역 사람들이 밤에도 대문을 잠그지 않고 생활하고 있을 뿐만 아니라, 낮에 집으로 볏단을 거두어들이지 않고 그대로 전답에 노적(露積)해 둔 것을 보고는 <이 지역 사람들은 남의 것을 훔치지 않으며 도덕을 중시하는 사람들이다. 지금 우리들이 이 나라를 침범하는 것은 도적질과 같은 짓이다>라며 스스로를 부끄럽게 여겨 철수해가는 일도 있었다고 한다.

한편 서라벌에 들어오는 왜구의 세력은 그 성격이 크게 다른 두 집단으로 나눠졌다. 그 하나는 앞서 말한 바와 같이 오로지 약탈을 주목적으로 하는 공격형이었고, 다른 하나는 자국 내의 세력 공방전에서 패한 집단이 도피 목적으로 들어오는 일종의 망명 형태의 것이었다.

이 무렵을 전후하여 서라벌에 들어온 왜국의 집단이 있었는데, 그들은 이러한 두 집단 중 망명을 목적으로 한 후자의 세력에 속했다. 더구나 이 왜국 집단의 두목은 천문에 밝을 뿐만 아니라 학식도 뛰어났고, 이미 수년 동안 서라벌에서 생활하며 부근 사람들과도 매우 친하게 지내고 있었다. 마을 사람들 또한 왜국 집단의 두목을 호공(瓠公)이라 부르며 잘 따랐다.

그런데 어느 날, 호공이 자신의 수하를 통해서 혁거세왕에게 알현을 요청해 왔다.

왕은 호공을 한눈에 보고는 무엇보다도 그 패기와 젊음에 놀라움을 금치 못했다. 이러한 놀라움은 망명해온 사람으로서 왕에게 알현을 요청한 것에서부터 시작된 것이기도 했지만, 그가 왜국 집단의 두목 자리에는 도무지 어울리지 않는 20대 후반의 젊은이였기 때문이었다. 뿐만 아니라, 남을 압도할 만한 체격을 가지지는 못했지만 예사롭지 않은 눈빛을 지닌 데다 이목구비 또한 수려하여 왕은 한눈에 그가 비범한 재목임을 알아차렸다.

왕은 놀라움을 자제하며 근엄한 어조로 그에게 물었다.

'그대는 어느 나라에서 왔으며 이름은 무엇인고?'

'예, 소인들은 왜국에서 왔습니다. 저희들 왜인은 이름만 있을 뿐 성은 없사옵니다. 하지만 지금 본국에서 불리던 이름을 폐하께 말씀 드려 무슨 의미가 있겠사옵니까? 다만 이 땅에 와서 수년간 사는 동안 마을 사람들은 저를 호공(瓠公)이라 부르고 있습니다. 그것이 저의 이름처럼 되어버렸사옵니다.'

영명한 왕은 <호공>이라는 이름에 남다른 흥미를 나타냈다.

'호공이라고? 마을 사람들이 그렇게 부르는 데에는 뭔가 사연이 있을 법한데…'

'예, 물론 있사옵니다. 폐하께옵서 보시는 바와 같이 소인은 언제나 이 호리병을 허리에 차고 다닙니다. 그래서 마을사람들이 저를 그렇게 부르는 것 같사옵니다.'

호공의 설명에 왕은 더욱 흥미를 느끼고 무릎을 앞으로 내밀어 좀 더 가까이 다가앉은 채 말을 이었다.

'그대는 언제부터 그 호리병을 매달고 다녔는고?'

'예, 저는 어려서부터 아버님을 따라 깊은 산에 들어가 약초를 캐거나 무예를 닦기도 했사옵니다. 그러면서 계류의 맑은 물을 늘 호리병에 담아가지고 다녔습니다. 그때의 습관이 여태까지 남아있는 것입니다.'

'그대의 아버지는 어떤 사람인고?'

왕의 이어지는 하문(下問)에 호공은 잠시 입을 다문 채 침통한 표정을 지었다.

'왜 그러는가, 호공?'

'예, 너무나 갑작스런 하문이라서…'

호공은 깊은 숨을 한번 크게 내쉬며 무겁게 입을 열었다.

'저희 선친께선 본디 왜국 내의 한 나라를 다스리던 왕이었습니다. 그런데 치열한 전란 중 싸움에 패해 산중에 숨어들었고 그 곳에서 재기를 기하다가 그만 불행하게도 병으로 돌아가시고 말았습니다. 그래서 저는 소수의 측근들만 데리고 서라벌로 망명을 하게 된 것이옵니다.'

'그런 사정이 있었던가?'

왕은 나지막하게 한마디 하고는 호공의 상심을 달래기라도 하듯 화제를 바꾸었다.

'그런데 짐도 박과 같은 둥근 알에서 태어났다고 해서 "박"이란 성을 가지고 있다마는, 그대 또한 "호리병 박"을 뜻하는 "호"(瓠)라는 이름을 가지고 있으니 짐과는 참으로 묘한 인연이로다.'

'예, 소인 역시 그렇게 생각하고 있사옵니다. 이 서라벌에는 육촌이 있어 각기 다른 여섯 개의 '이', '최', '정', '손', '배', '설'이라는 성(姓)을 가지고 있다고 들었사옵니다. 그렇다면 폐하께서 갖고 계신 "박"이라는 성 또한 결국 육촌에 속하지 않는 외부의 성이 되는 셈이지요. 그 점, 소인도 폐하처럼 묘한 인연으로 느끼고 있사옵니다.'

왕은 호공의 이야기를 들으며 몇 번씩이나 고개를 끄떡였다. 그리고는 호공이 왜국 내의 사정에 대해서 이야기를 하자 더욱 깊은 관심을 나타냈다.

'왜국은 우리와 바다를 사이에 두고 꽤 먼 거리에 있다던데…'

'예, 한마디로 왜국이라고는 하나 그 국토는 꽤 넓사옵니다. 왜국 내에서는 많은 나라들이 서로 다투고 있는데, 이런 나라의 수가 40국이라 하기도 하고 혹자는 100여국에 이른다고도 합니다.'

'그렇게나 많은가? 그런데 그 가운데 가장 가까운 나라라 해도 우리나라와는 2천여 리나 떨어져 있다던데…'

'그렇사옵니다. 그렇지만 대마도(對馬島)와 일대국(一大國)이라는 섬나라는 이 나라와 왜국 사이에서 마치 바다 속 징검돌과 같은 역할을 하고 있으며 비교적 쉽게 오갈 수 있사옵니다.'

'그 많은 나라들 가운데 강대한 여왕국도 있다면서?'

'그렇사옵니다. 원래는 남자 왕이 다스리고 있었는데 여러 나라와의 공방이 되풀이되는 가운데 능력 있는 여자가 왕으로 추대된 것이지요.'

'능력이 있다는 것은 구체적으로 어떤 것을 말하는고?'

'예를 들면 신과의 소통을 뜻하는 귀도(鬼道)에 능하다고 하는 것입니다. 나라를 통치한다는 것은 결국 신의 뜻을 잘 받들어야만 하니까요'

'왜인은 또 얼굴이나 몸에 문신을 한다고 들었는데, 그것도 귀도와 관계가 있는가?'

'그렇지는 않사옵니다. 그것은 다만 큰 물고기나 새 등으로부터 위해(危害)를 피하기 위해서일 따름이옵니다.'

그는 그 밖에도 왕에게 왜인들의 식습관이나 생활상에 대해서도 세세히 아뢰었다. 그리하여 왕은 호공에 대해 더욱 친근감을 갖게 되었다.

호공은 또한 서라벌이 안정되고 발전하기 위해서는 무엇보다도 가까운 낙랑으로부터의 외침에 대비해야 한다는 것과, 마한과 수교할 필요가 있다는 직언까지 왕에게 아뢰었다. 아울러 국내를 다스리는 데에는 완급을 가려 해야 할 일과 하지 말아야 할 일이 있는데 이를 신중히 고려해야만 한다고 진언하였다.

왕은 해박한 지식과 앞날을 예견하는 혜안을 지닌 호공을 경탄해마지 않았다. 때문에 왕은 점차 그를 신하로 삼아 가까이에 두고 싶다는 생각을 갖게 되었다.

하지만 신하들은 일제히 그가 궁중에 들어오는 것을 강력하게 반대했다. 그 주된 이유는 무엇보다도 정체를 알 수 없는 이방인을 쉽사리 받아들일 수 없다는 것이었다. 그래서 왕은 몇 사람의 원로중신들을 불러 모아 그들의 의견을 들어보기로 하였다.

그들은 유능한 인재를 등용한다는 점에서는 이론(異論)이 없었으나, 그 대상이 외지인이란 점에 대해서는 역시 적지 않은 우려와 불만을 표명했다. 그러던 중, 궁중의 제사를 담당하는 관리였던 설민(薛玫)이라는 자가 호공의 등용을 적극 주장하며 왕에게 자신의 솔직한 의견을 개진하였다.

'무릇 나라를 다스리는 명철한 현자(賢者)는 상례(常例)만을 따라서는 아니 될 것이옵니다. 또한 선입견과 의혹만으로 남을 살펴서도 아니 될 것입니다. 옛날 은(殷)나라의 고종은 인재를 등용함에 있어 출신지와 신분을 가리지 않았다하옵니다. 그래서 벽지에서 가난하게 살고 있던 부열(傅說)이란 사람을 중용함으로써 쓰러져가던 나라를 능히 다시 일으켜 세울 수가 있었던 것입니다. 또한 제(齊)나라의 환공(桓公)은 한때 원수지간이던 관중(管仲)을 초빙하여 나라의 중책을 맡겼습니다. 결과적으로 관중은 북방의 이적(夷狄)과 남방의 초(楚)의 침입을 능히 막아 환공으로 하여금 오패(五覇)가운데 으뜸으로 만들 수가 있었던 것이옵니다. 이것이 과연 무엇을 의미하겠사옵니까? 즉, 군주는 그 자리에 계시면서 능력 있는 사람을 볼 줄 아는 안식이 있어야 하며 능력 있는 신하는 그 직책을 다함으로써 만백성

을 다스릴 수가 있는 것이옵니다.'

결국 왕은 설민의 충정어린 진언을 받아들이기로 하였다. 그리하여 호공은 결국 서라벌의 관리로 등용될 수 있었는데 왕의 인사는 그야 말로 파격적이라 할 수 있었다. 이방인이었던 호공이 관리에 등용된 것도 모자라 그가 궁에 들어온 지 얼마 되지 않아 대보(大輔)라는 재상자리에까지 올랐기 때문이었다.

한편 입궁한 호공은 곧 왕에게 무엇보다도 먼저 서둘러야할 것은 마한과의 수교라고 진언하였다. 왕은 그의 건의를 받아들여 치세 38년째 되던 해 호공을 수석으로 앉힌 수교사절을 마한에 보내게 되었다.

호공은 몇 사람의 관료만을 거느리고 곧장 마한 땅을 밟았다. 그러 나 마한 왕은 호공을 보자마자 외교 의례에 맞지 않는 불평을 터뜨리 며 그에게 욕설까지 마구 퍼붓는 것이었다.

'진한과 변한 두 나라는 원래 우리의 속국인데 근년에는 조공도 바치지 않고 있다. 대국에 대한 예의가 이래서야 되겠는가?'

호공은 군주답지 않은 마한 왕의 분별없는 태도에 몹시 당황하면서 도 여기에는 필시 무슨 사연이 있을 것이라는 생각이 들었다.

당시 한반도에는 중국 대륙 내의 전란으로 인하여 많은 망명자들이 흘러 들어와 마한 변한 진한의 각지에 흩어져 살고 있었다. 그 중에서 도 특히 중국과 지리적으로 가장 가깝던 마한지역에는 더더욱 많은 사람들이 유입되었는데, 이는 어찌 보면 자연스러운 현상이었다.

그런데 마한왕은 이들 망명 유민들은 차치하더라도 주변의 가까운 나라인 변한과 진한 주민들까지 마한 땅에 들어와 잡거하고 있는 점에 대해서 몹시 못마땅해 하고 있던 터였다. 그래서 호공이 수교를 맺기 위해 오자 서라벌과 근접한 진한과 변한에 대한 불평까지 호공을 향해 토해내고 있는 것이었다.

그렇다 해도 호공은 외교사절에 대한 마한 왕의 왕자(王者)답지 못한 태도만큼은 어떻게든 지적해야 되겠다고 생각했다.

'저는 서라벌국의 대보로서 우리 국왕의 신임장을 가지고 온 외교사절입니다. 폐하께서는 대국에 대한 예의를 말씀하시기에 앞서 우리 국왕폐하에 대한 안부부터 먼저 물으시는 것이 외교상의 예의가 아닐런지요.'

마한 왕은 예기치도 않던 호공의 돌발적인 항의에 한순간 침을 꿀꺽 삼키며 당황하더니 이내 곧 굳은 표정을 짓고 불편한 심기를 노골적으로 드러내기 시작했다.

'그대들 나라는 신생국일 뿐만 아니라 약소국이다. 그대야말로 짐에 대해 무례를 저지르고 있다는 것을 어찌 알지 못하는가? 그대는 참으로 괘씸하기 이를 데 없도다. 머리를 조아려 잘못을 빌지 않으면 그대로 살려두지 않을 것이다.'

즐비하게 늘어서 있던 마한의 신하들은 일촉즉발의 급박한 상황을 앞에 두고 오로지 숨을 죽이고 사태의 추이만을 바라보고 있을 뿐이 있다. 그러나 호공은 조금도 흐트러짐 없이 태연하게 그리고 당당하게 말을 이어나갔다.

'우리나라는 혁거세대왕과 알영왕후가 나라를 세우시고 난 후 인사(人事)가 바르게 진행되고 있습니다. 때문에 지금 천시(天時)는 그 어느 때 보다도 순조롭고 백성들 또한 안심하고 평안히 생업에 종사하고 있으며 창고에는 곡식이 넘쳐나고 있습니다. 이와 같은 태평성대를 저희 백성들은 모두 혁거세대왕의 은덕으로 여기고 서로 의지하고 양보하며 살고 있습니다. 하물며 저희 대왕의 고매한 인품은 이웃 변한과 낙랑은 물론 바다 건너 왜인들까지도 알아보고 이를 경외하지 않는 자가 없을 정도입니다.

이러한 우리 혁거세대왕께서 매우 겸손하셔서 먼저 소신을 보내시어 귀국과 수교를 맺고자함인데, 어째서 폐하께서는 이러한 저에게 오히려 진노하시며 힘으로 위협하시려드는 것이옵니까? 그 까닭은 대체 무엇이옵니까?'

호공의 굽힘 없는 말과 태도에 더욱 격노한 마한 왕은 그를 사로잡아 죽이려 하였다.

이때 그 자리에 도열해 있던 마한의 한 나이든 신하가 앞에 나와 왕에게 간언(諫言)하였다.

'황공하오나 신이 한 말씀 올리겠나이다. 분명 서라벌 사자의 태도에는 무례한 점이 없진 않사오나, 그 신분이 외교사절임에는 분명하옵니다. 외교사절에 대해 위해를 가하는 것은 예의지국이 취할 도리가 아니라 사료되옵니다. 아뢰옵기 황송하오나, 폐하께옵선 일단 넓으신 아량을 베푸시는 것이 지당하리라 사료되옵니다.'

다른 신하들도 이에 일제히 동조했다. 노기에 차있던 마한 왕도 결국은 어쩔 수 없이 신하들의 간언을 받아들였고 호공 일행은 무사히 서라벌로 돌아올 수가 있었다.

호공이 돌아온 그 다음해, 마한 왕이 타계했다는 소식이 혁거세 왕의 귀에도 전해졌다. 그 때 어느 신하가 왕에게 아뢰었다.

'마한 왕은 작년에 우리 호공이 수교사절로 방문했을 때 사절단과 폐하께 참기 어려운 폭언을 했습니다. 이것은 도저히 용서할 수 없는 일입니다. 지금 그들은 국상을 치르고 있습니다. 이때에 그들을 공격한다면 쉽게 이길 수 있을 것이옵니다.'

그러나 혁거세왕은 '남의 불행을 기회로 삼아 어떤 일을 꾸민다는 것은 도리에 어긋나는 짓이다'라고 말하며 그의 진언에는 따르지 않고 대신 조문사절을 파견하여 정중한 조의를 표했다고 한다.

천제의 노여움

왕은 본디 천계(天界)에 속하는 신분으로 중대한 국사를 결정할 시에는 반드시 천제에게 천의(天意)를 묻게 되어있었다.

이때 천제가 친히 지상에 강림하는 것을 <강>(降)이라 하는데, 혁거세왕은 그와는 반대로 몸소 천상에 올라가 그때까지의 나라를 다스린 실적 등에 대하여 천제에게 아뢰고 또한 천의를 받들어 지상으로 내려오고 있었다. 이를 <척>(陟)이라 하는데, 이 <강척>(降陟)의 신사(神事)는 본디 왕이나 무당들이 신의 뜻을 받듦에 있어서 무엇보다도 중요한 의식 중의 하나였다.

매일 분주한 국사에 쫓기던 혁거세왕은 어느 날, 자신이 그 동안 천제에게 보고하는 신의 책무를 소홀히 했음을 깨달았다. 그리하여 왕은 가까운 시일 내에 천상에 오르기로 예정하고 한창 그 준비에 여념이 없었다.

한편 호공은 서라벌의 궁궐에 들어온 이래 헌신적으로 왕을 보필하며 국정을 도왔다. 그 결과 진한의 여러 지역이 서라벌 땅으로 흡수되는 등 서라벌의 국력은 해마다 눈에 띄게 신장할 수 있었다.

또한 그는 가끔 왕과 함께 변방을 순행하며 민정을 살피는 한편, 농업과 양잠 등의 독려에도 힘썼다. 특히 농업에 대해서만큼은 대단한 관심과 애정을 가지고 있던 왕비는 농촌을 시찰할 때에는 꼭 호공과 함께 수행을 가곤 하였다. 이 같은 노력으로 인해 서라벌은 이미 한반도내에서 가장 풍요로운 나라로 자리매김할 수 있었던 것이다.

서라벌 백성들이 안전하게 생업에 종사할 수 있었던 또 하나의 배경에는 알영왕후의 정성어린 내조와 협력이 있었다. 그녀는 왕의 보령(寶齡)이 많아짐에 따라 자칫하면 타성에 젖기 쉬운 왕을 일깨우고, 그의 건강을 잘 보살폈으며, 정사(政事)에 관해서도 여러 가지 유익한 의견을 내놓았다.

그러나 왕의 치세가 60년이 넘게 되자 국정의 도처에서 균열이 생기기 시작했다. 호공은 무엇보다도 왕 주위에 있는 궁녀들을 포함해 근신들의 관리에 많은 신경을 쓰도록 왕에게 진언하였다. 호공이 그와 같은 진언을 올리게 된 데에는 나름대로 이유가 있었다.

당시 왕의 총애를 한 몸에 받고 있던 소희라는 궁녀가 뭔가 이상한 일을 꾸미고 있다는 소문을 접한 호공은 제사를 담당하던 관리 설윤(薛胤)으로 하여금 그 소문의 진상을 확인해보도록 하였다.

설윤은 비범한 능력의 소유자로 특히 점괘에 밝아 왕의 신임이 매우 두터운 인물이었다. 그는 또한 과거에 혁거세왕에게 호공을 적극 추천했던 설민의 아들로서 호공과는 서로 흉금을 터놓고 이야기를 주고받는 친숙한 관계였다. 이런 설윤의 말에 의하면, 왕과 소희와의 관계는 과연 단순한 소문만으로 그칠 수 없는 왕의 운명과 관련된 매우 중차대한 내용을 담고 있다는 것이었다.

어느 날 소희는 왕이 천계에 오를 때 자신도 꼭 한번 수행하고 싶다고 졸라댔다. 그러나 왕은 아무리 총애하는 소희라 할지라도 다른 일이라면 모르되 그것만큼은 들어줄 수 없다고 완강히 거부했다. 하지만 소희의 천계에 대한 호기심과 동경은 워낙 큰 것이어서 왕이 아무리 설득해도 그녀는 막무가내로 물러서려들지를 않았다.

왕은 몹시 고민스러웠다. 그녀는 이미 노령에 든 왕의 몸을 그나마 기쁘게 해줄 수 있는 유일한 여인이었기 때문이었다. 이미 남성으로서의 기능이 쇠약해진 왕이었지만 요염한 그녀의 침소에서만큼은 생기가 돋아나는 것이었다. 때문에 왕은 그녀의 소원이라면 무엇이든 다 들어줄 용의가 있었으나 오로지 천계에 동행하는 것만큼은 들어줄 수가 없었다.

결국 고운 말로 타일러서는 안 되겠다고 판단한 왕은 엄숙한 어조로 소희에게 꾸짖듯 말했다.

'그대처럼 지상에 사는 부정(不淨)한 자가 천계에 오르게 되면 천계가 더럽혀진다. 그리고 그 화는 짐 개인은 말할 나위도 없고 이 나라 모든 백성들의 운명에도 커다란 영향을 미치게 된다. 그런데도 너는 꼭 천계에 올라가야만 하겠다는 것이냐?'

왕의 결연한 태도에도 끝까지 고집을 꺾지 않은 소희는 왕의 물음에는 아랑곳하지 않은 채 묵묵히 고개를 숙이고는 원망스러운 눈초리로 왕을 노려보고만 있었다.

이렇게 해서 그녀가 천계로 올라가겠다는 부질없는 망상을 접은 것으로 생각한 왕은 그녀의 가슴속에 어처구니 없는 엄청난 흉계가 싹트고 있었다는 사실을 짐작도 못했던 것이다.

수일 후 왕은 심신을 깨끗이 한 뒤 천마(天馬)를 달려 천계에 올랐다. 천제를 배알한 왕이 지상에서의 정사를 보고한 후 미리 계획되어 있던 행사를 수행하는 가운데 어느덧 예정된 7일간의 일정이 질풍처럼 지나가 버렸다.

드디어 천계에서의 마지막 날, 왕이 작별인사를 하기 위해 천제에게 배알을 요청했다. 그러나 천제는 여느 때와는 달리 얼굴에 무서운 노기까지 띠면서 왕을 엄하게 질책하는 것이었다.

'왕이란 자의 첫째 조건은 무엇보다도 인간의 마음을 다스릴 줄 아는 능력이 있어야 하는 것이다. 그런데 멀리 있지도 않은, 바로 주위에 있는 사람의 마음조차 읽지 못한다면 과연 왕으로서 자격이 있다고 말할 수 있겠는가?'

왕은 생각지 못했던 천제의 엄한 질책에 어찌할 바를 모르고 몹시 난처해하며 천제에게 그 이유를 물었다.

'제가 무슨 큰 잘못이라도 저질렀습니까? 저는 요 7일 동안 혼신을 다해 제 임무에 주력했습니다. 그리고 제가 맡은 모든 일에서 근신함을 잊지 않고 있었습니다. 결코 천제께 꾸지람을 들을 만한 행위는 하지 않았다고 생각합니다만…'

그러자 노여움이 여전히 가시지 않은 천제가 말을 이었다.

'이 천상에는 지상에 사는 부정한 사람을 데려올 수 없게 되어 있다. 그대는 그것도 알지 못했단 말인가?'

왕은 매우 놀라 보기에도 민망할 정도로 얼굴빛이 창백해졌다.

'사람을 데리고 오다니요? 도대체 무슨 말씀이십니까?'

'그렇다면 파리로 변신하여 그대가 타고 온 말의 귓속에 숨은 채 이 곳에 들어온 계집은 대체 누구란 말인가?'

천제의 말 속에서 <파리>와 <계집>이라는 단어를 듣는 순간, 왕은 뭔가 묵직한 둔기로 정수리를 얻어맞은 느낌이 들었다.

<설마⋯, 설마⋯>

왕은 수일 전 자신의 이야기를 들으며 원망스러운 눈초리로 노려보던 소희의 모습을 떠올렸다.

<그렇구나. 파리로 변신해 천마의 귓속에 숨어 들어올 줄이야⋯>

왕은 호공이 늘 입버릇처럼 <주변 측근들 관리에 많은 신경을 쓰도록> 진언했던 것을 상기하면서 새삼스레 자신의 부덕함을 반성했다.

그러나 물은 이미 엎질러진 상태였다. 다시 그릇에 담을 수도 없는 노릇이었다. 왕은 오직 천제 앞에 엎드려 모든 것을 그의 뜻에 맡길 수밖에 없었고 스스로 자신의 천운이 다했음을 뼈저리게 느껴야만 했다.

예상대로 천제의 심판은 엄격했으며 흔들림이 없었다. 결국 혁거세의 영혼은 그대로 천계에 머물고 육체만이 지상으로 내려가게 되었던 것이다.

그 무렵, 서라벌에서는 갑자기 서녘 하늘부터 짙은 먹구름이 일기 시작하더니 이윽고 온 하늘이 검은 구름들로 뒤덮이는 것이었다. 그리고 그것도 잠시, 대지를 진동하는 천둥소리와 함께 하늘을 갈기갈기 찢을 듯한 번개가 섬광을 번뜩이며 여기저기에 내리치기 시작했다. 갑작스런 날씨 변화에 혼비백산한 서라벌 사람들은 모두들 우왕좌왕하며 정신을 가눌 길이 없었다. 그리고는 마침내 서라벌 전역에서 장대 같은 빗줄기가 쏟아지기 시작했다.

바로 그 때, 천지를 진동시키는 굉음과 함께 커다란 덩어리 몇 개가 하늘에서 지상으로 떨어지는 것이 사람들 눈에 목격되었다.

서라벌 사람들은 천계로 올라간 왕의 신변에 무언가 심상치 않은 변화가 일어났다는 것을 직감했다. 곧 그러한 직감은 현실로 나타나서, 사람들이 목격한 육체덩어리는 바로 무참하게도 다섯 개로 찢겨진 왕의 참혹한 시체였던 것이다.

비보를 접한 알영왕후는 너무나도 큰 충격으로 인해 병상에 몸져눕고 말았다. 특히 그녀는 평소에도 내명부에서 비롯된 실책에 대해서만큼은 누구보다도 자신의 책임으로 돌리고 있던 터라, 평상시 소희의 행실에 대해 좀 더 세심한 주의를 기울이지 못했던 자신에게 탄식을 금할 길이 없었던 것이다. 결국 왕후의 통탄은 스스로에 대한 자학과 자괴로 발전해갔고, 이로 인해 병을 얻게 된 그녀는 마침내 숨을 거두고 말았다.

<이성>(二聖)이라는 칭송을 한 몸에 받고 있던 왕과 왕후를 잃었다

는 비보를 접한 백성들은 비탄 속에서 하루하루를 보내야만 했다. 호공을 비롯한 중신들은 협의를 통해 우선 돌아가신 왕과 왕후를 궁궐 안에 마련된 빈소에 모셔 장례를 치른 후, 서라벌 남부의 풍광(風光)이 명미(明媚)한 곳에 커다란 능을 만들어 정중히 모시기로 결정하였다.

그런데 왕릉을 조성하는 도중에 이상하고도 괴이한 일이 벌어졌다. 능의 조영(造營)에 착수하려는 순간 어디에선가 다섯 마리의 큰 뱀이 나타나서 공사를 방해하는 것이었다. 물론 그 때문에 작업은 제대로 진행될 리가 없었다. 그 때 신관(神官)인 설윤이 호공에게 건의하였다.

'이는 틀림없이 폐하의 뜻일 것입니다. 능을 다섯 개로 나누어 조영하는 것이 좋을 듯합니다.'

'그게 대체 어떤 뜻인지 좀 더 자세히 이야기해줄 순 없겠는가?'

<능을 다섯 개로 나누자는 것이 왕의 뜻>이라는 말에 호공은 깜짝 놀라 그 의미를 묻지 않을 수 없었던 것이다. 이에 설윤은 차분한 어조로 설명했다.

'폐하의 시체를 분산시켜 매장한다는 것에는 크게 두 가지 의미가 있습니다. 하나는 서라벌의 국력 신장을 기원하는 의미입니다. 그리고 또 하나는 농작물의 풍요를 기원한다는 의미가 담겨져 있지요. 폐하께옵선 틀림없이 이 두 가지를 기원하는 마음으로 다섯 마리의

뱀을 우리에게 보내신 것으로 생각됩니다.'

결국 중신들은 설윤의 건의를 수용하여 다섯 개의 능을 만들기 시작했다. 그러자 신기하게도 다섯 마라의 뱀은 어느새 흔적도 없이 사라지고 마는 것이었다.

그리하여 혁거세의 혼백(魂魄)가운데 백(魄=骨)은 오릉(五陵)에서 편히 쉬게 되었고 혼(魂=靈)은 천상에 그대로 남아 서라벌을 지키는 <호국의 별>이 되었다고 한다.

이 이야기에 등장하는 왕릉이 바로 그 유명한 경주의 오릉인데, 오릉을 일명 사릉(蛇陵)으로 부르기도 하는 이유는 이와 같은 사연에서 비롯된 것이다. 그러나 일설에는 오릉이 혁거세왕(赫居世王), 알영왕후(閼英王后), 남해왕(南解王), 유리왕(儒理王), 파사왕 (婆娑王)등 다섯 명의 박 씨 왕을 모신 능이라는 설도 있다.

혁거세왕의 사후, 서라벌은 부왕의 뒤를 이은 제2대 남해왕의 통치를 받게 되었다.

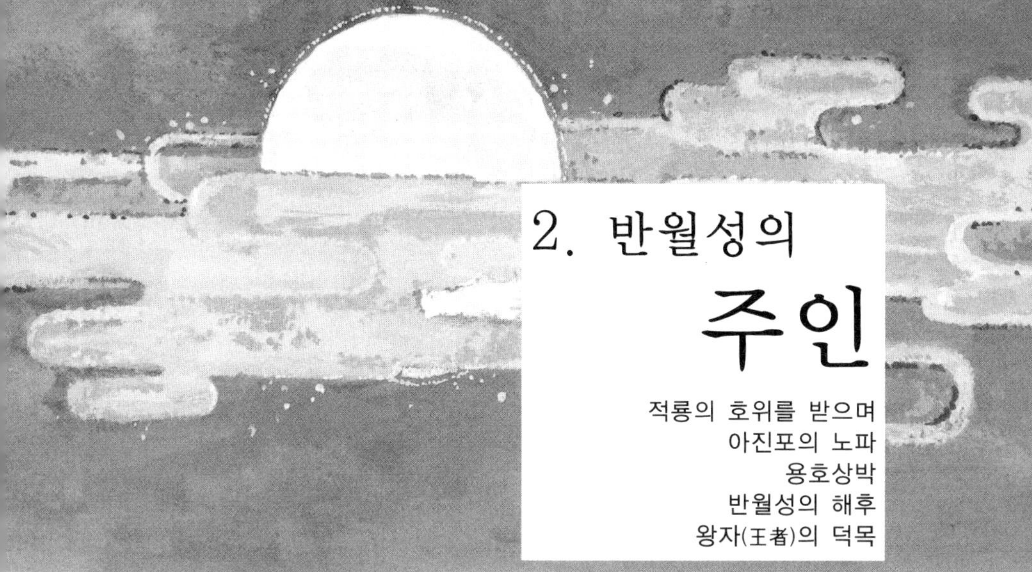

적룡의 호위를 받으며

가야국과 바다를 사이에 두고 왜국 쪽으로 천리쯤 떨어진 곳에 용성국 (龍城國)이라는 섬나라가 있었다. 이 나라는 다파나국 (多婆那國) 혹은 완하국 (琓夏國)이란 이름으로도 알려졌었는데, 과거 28명의 왕이 대대로 나라를 다스렸으며 그 가운데에는 겨우 6살의 나이에 왕위에 오른 왕도 있었다고 한다.

이 나라에는 본디 팔품(八品)이라 불리는 신분제도가 존재했지만 그럼에도 능력이 있는 사람이라면 그 신분에 구애받지 않고 왕위에 오를 수가 있었다. 이렇게 선출된 왕들은 한결같이 선정을 베풀고 백성들의 품성을 바르게 인도하여 나라의 태평성대가 몇 대에 걸쳐 이어지고 있었다.

용성국이라는 이름은 이 섬의 풍광이 매우 수려하여 마치 바다의 왕국인 용궁과 같다는데서 붙여진 명칭이었다. 또한 다파나국은 섬나라의 특성상 주로 여자들이 바다 일을 많이 한다고 해서 붙여진 이름이었으며, 아울러 가야국 사람들은 남쪽에 위치해 있는 이 섬을 따뜻한 남국이라는 뜻으로 완하국이라 부르기도 했다.

이 나라는 왜국으로부터 서북방향 약 천리쯤 떨어진 곳에 자리하여 왜국과 가야국의 거의 중간지점에 위치하고 있었다.

한반도에서 박혁거세가 서라벌의 초대 왕으로 등극되던 기원전 1세기경, 용성국의 왕은 함달파(含達婆)라는 자로 매우 총명한 군주였다. 그는 서쪽 바다 멀리 있는 적여국(積女國)의 왕녀를 자신의 비(妃)로 맞이하였고 백성들은 무엇 하나 부족함이 없이 넉넉한 나날을 보내고 있었다.

왕후는 매우 상냥하고 고운 마음씨의 소유자로 그 모습 또한 수려했으며 왕에게도 매우 헌신적이었다. 신하들 또한 모두 마음을 합쳐 왕을 보필하였기에 백성들은 마음 편히 생업에 종사할 수 있었다.

그런데 왕과 왕비에게는 무엇보다도 큰 걱정거리가 하나 있었다.

특히 왕후는 무엇 하나 부족함이 없는 풍요로운 일상을 누림에도 불구하고 마음속의 고민이 더욱더 커져만 갔다.

이는 왕후가 용성국으로 출가해 온지 벌써 수년이 지났지만 아직 왕의 혈통을 이을 아이를 갖지 못했기 때문에 비롯된 것이었다. 후사를 갖지 못한다는 것은 왕후 자신에게도 큰 불행이었지만, 그보다 더 나아가서는 나라의 명운과도 관련된 매우 중차대한 문제였다. 때문에 왕과 왕후는 천지신명에게 아이를 가질 수 있게 해달라며 밤낮으로 지성을 다해 기도를 드리는 것이 일이 되었다.

그렇게 왕비가 출가해온지 7년 만인 어느 날, 왕 부처의 정성이 하늘에 닿았는지 왕비에게서 드디어 그렇게도 기다리던 임신의 징조가 보이기 시작했다. 자신의 뒤를 이을 왕자를 기다리던 왕의 기쁨은 뭐라 형용할 수 없을 정도였다.

그런데 이것이 어찌된 일인가! 왕후가 달이 차서 출산한 것은 사람이 아닌 커다란 알이었다. 자식을 기다리던 왕과 왕후는 한없이 깊은 실망에 빠져버리고 말았다. 특히 알을 낳은 왕후의 낙담과 상심은 더욱 깊어만 가, 그녀는 침식도 잊은 채 며칠 동안 밤낮을 가리지 않고 눈물로 나날을 보내야만 했다.

왕은 어떻게 해서든 왕후를 위로해 주어야겠다고 마음먹으면서도 막상 왕후의 손을 잡기만 하면 묘하게도 입에서 나오는 말은 위로라기보다는 깊은 한탄조에 가까운 것이었다.

'우리가 전생에 무슨 죄를 지었기에 이렇게 가혹한 운명을 겪어야

만 한단 말이오!'

왕후는 아무 말 없이 오직 아픈 가슴을 쥐어뜯으며 한없이 눈물만 흘릴 뿐이었다.

신하들 또한 상심에 빠진 왕과 왕후를 어떻게 위로해야할지 갈피를 잡지 못하고 있었다. 오직 근심스러운 표정으로 왕과 왕비의 기색을 살피는 것 외에는 달리 방도가 없었다.

며칠 동안 여러 가지 궁리를 거듭하던 왕은 어느 날 근신들을 소집했다.

'그대들도 잘 알다시피 짐은 오랫동안 후사를 기다리고 있었는데, 수일 전에 왕비가 낳은 것은 뜻밖에도 사람이 아닌 알이었소. 짐이 생각하기에 이것은 필시 불길한 징후이오. 저 불길한 알을 그대로 부화시킬 수는 없으니 어떻게 해서든 다른 방법을 강구하지 않으면 안 될 것이오. 그대들에게 좋은 의견이 있으면 솔직하게 말해주시오.'

그러나 신하들 가운데 누구 하나 그 방법을 상주(上奏)하는 자가 없었다. 그도 그럴 것이 비록 알이라고는 하나 왕비가 출산한 것이므로 어찌되었든 왕통(王統)임엔 틀림이 없었기 때문이다. 신하된 입장에서 왕통을 끊는 일에 대해 경솔하게 이런저런 말을 함부로 꺼낼 수 없었음은 자명한 일이었다.

잠시 뒤 스스로 단안을 내릴 수밖에 없다고 생각한 왕은 신하들을 죽 돌아보며 말을 이었다.

'아무리 알이라고는 하나 이것을 그대로 없앨 수는 없을 것이오.

왜냐 하면 여기에는 혹 천제의 깊은 배려가 있을 지도 모르기 때문이오. 그래서 짐은 이 알을 궤 속에 넣어 바다로 흘려보냈으면 하고 생각하고 있소. 만약 천제의 깊으신 사려가 있으시다면 이 알은 어떻게든 살아남아 어떤 기적을 일으킬 지도 모를 일이오.'

알의 출산은 결코 상서로운 일이라 할 수 없었기에 왕의 제의에 대해 반대하는 신하가 있을 리 만무했다.

'그대들에게도 이의가 없는 것 같구려. 그렇다면 곧 알을 넣을 궤를 만들도록 하시오. 그런 뒤 배를 준비해서 날씨가 좋은 날을 골라 바다에 띄어 보내도록 하시오.'

왕의 명령이 내려지자 길이 20척 폭 13척의 거대한 궤가 만들어졌다. 이 작업을 지켜보던 왕후는 비탄에 잠기면서도 왕이 말한 <천제의 깊은 사려>라는 말에 일루의 희망을 걸고 싶어졌다. 그리하여 왕후는 슬픔 속에서도 궁녀들을 독려하며 배를 띄우는 준비에 여념이 없었다.

준비가 끝나자 알은 아름다운 비단으로 몇 겹이나 싸여진 채 소중하게 궤 속에 담겨졌다. 배에는 그 밖에도 일곱 가지의 고귀한 보물들이 함께 실어졌고, 동행하도록 명령을 받은 몇 사람의 하인들도 모두 괘 안으로 들어가 승선을 완료했다. 그리고 때마침 불어온 북동풍으로 잔뜩 부풀어진 돛에 이끌려, 배는 미끄러지듯 뭍을 뒤로한 채 먼 바다를 향해 흘러갔다.

왕과 왕후는 비록 알이라고는 하나 그토록 오랫동안 기다리던 <사랑하는 내 아이>를 버리는 심정에 말로 표현할 수 없는 슬픔으로

목메어 울면서도 <부디 천제의 배려로 어딘가 인연이 닿는 곳에 무사히 도착하여 그 앞길에 큰 영광이 열릴 수 있기>를 열심히 빌었다.

그런데 배가 난바다에 이르자, 갑자기 어딘가에서 거대한 적룡(赤龍)이 배위에 나타나 배를 호위라도 하듯 상공을 맴도는 것이었다. 적룡은 분명 천제의 사자임에 틀림없었다. 이는 상서로운 징조였기 때문에 마치 왕통의 밝은 앞날을 암시하는 듯했다. 그리하여 배는 일로(一路) 바다의 거센 파도를 헤치며 한반도 남단의 가야 땅이 바라보이는 해역에 다다랐다.

당시 가야는 개국한지 얼마 되지 않았으나 영명한 김수로왕이 나라를 잘 다스렸기에 백성들이 비교적 평화롭고 무탈하게 생업에 종사할 수 있었던 나라였다.

이런 가야의 수로왕은 적룡의 인도를 받은 배 한척이 뭍으로 가까이 다가오고 있다는 보고를 접하고는 곧 명을 내렸다.

'적룡의 호위를 받고 있다는 것을 보면 귀하신 분이 타고 있는 것이 분명하다. 큰 북을 쳐서 환영의 뜻을 알리고 예를 갖추어 정중히 손님을 맞이할 준비를 하라.'

왕의 명을 받은 병사들이 동분서주하며 만반의 준비를 갖추고 있을 무렵, 무슨 까닭인지 갑자기 뱃머리를 동쪽으로 돌린 배가 서라벌 방향 쪽으로 가버리는 것이 아닌가!

가야의 병사들은 할 수 없이 손님맞이할 채비를 모두 거두고 철수할 수밖에 없었다.

아진포의 노파

　한편 서라벌의 남해안에는 아진포(阿珍浦)라는 어촌 마을이 있었다. 아진포는 어촌이라고는 해도 초라한 집들이 드문드문 산재해 있는 그야말로 자그마한 마을에 불과했다.

　이 마을에는 의선(義先)이라는 노파가 살고 있었는데, 그녀는 신선한 고기를 잡아 가장 좋은 것을 왕가에 바치는 마음씨 고운 어부였다. 일찍이 남편과 사별한 그녀에게는 아들이 하나 있었는데, 아들은 왕도(王都)에서 하급관리로 일하고 있어 노파는 늘 외롭게 혼자 살고 있었다. 하지만 바다에 나가 고기를 잡고 해초를 따는 것을 천직으로 여겼던 노파는 어릴 때부터 줄곧 해 왔던 자신의 일을 쉽사리 그만두지 못하고 있었다.

　그 날도 노파는 해변에 나가 해초를 채집하고 있었다. 그런데 여느 때와는 달리 왠지 그 날은 해변 어딘가에서 무슨 일이라도 생긴 듯 소란한 느낌이 들었다. 그도 그럴 것이 평상시와는 달리 갈매기가 날던 먼 바다에 까치 떼가 까옥까옥 시끄럽게 소리를 지르며 날아다니고 있는 것이었다. 노파는 뜻밖의 괴이한 광경을 목격하고 고개를 갸우뚱거리다 잠시 일손을 멈추고 허리를 폈다.

　'아니 저곳에 바위가 없었는데… 게다가 까치 떼가 요란한 울음소

리를 내며 날아다니다니… 혹 무슨 일이라도 생긴 게 아닐까?'

노파는 혼잣말로 중얼거리며 손등으로 눈을 비비고는 다시 먼 바다 쪽을 응시했다.

그런데 자세히 보니 바위처럼 보였던 것은 다름 아닌 배였다. 그 배에는 커다란 짐이 몇 개인가 실려 있는 것처럼 보였다. 까치들은 그 거무스름한 짐 위에 내려앉기도 하고 혹은 그 위를 날기도 하며 소란을 피우고 있는 중이었다.

그런 식으로 서서히 움직이던 배는 이윽고 노파가 서 있는 뭍 가까이까지 다가왔다. 그 순간 노파는 뭐라 형용하기 어려운 불길한 예감에 휩싸였다. 어떤 일에서든 예기치 못한 일을 당하게 되면 놀라기 마련이지만 까치 떼가 바다 위를 날면서 이렇게 야단법석을 떠는 것은 여태까지 본 적도 들은 적도 없었기 때문이었다.

잠시 그 기묘한 광경을 바라보기만 하던 노파는 뭔가 결심이라도 한 듯 배가 뭍 가에 닿자마자 노구를 이끌고 배위에 올랐다.

배 안에는 짐이 몇 개인가 실려 있었는데 이들 짐 가운데 유독 거대한 궤가 하나 있었다. 이를 이상히 여긴 노파가 그 궤 주변을 돌며 유심히 살피고 있는 사이, 몇몇 마을 사람들이 달려오는 소리가 노파의 귓전에 들렸다. 그들도 이상한 배가 접근해 오는 것을 아까부터 지켜보고 있었던 것이다. 노파는 마을 사람들의 손을 빌어 그 무거운 궤를 배에서 꺼내 해변 가까이에 있는 숲으로 옮겼다.

그러나 궤를 앞에 놓고 노파는 잠시 깊은 생각에 잠겼다. 우선 당장은 궤를 열어보아야겠지만 만약 궤를 열어 어떤 재화라도 당하게 되면 어쩌나하는 불안이 갑자기 엄습했던 것이다. 그래서 그녀는 천신에게 먼저 이 사실을 고하는 제를 올리고 난 뒤에나 궤를 열어야겠다고 마음먹고 하늘을 향해 양손을 높이 쳐들었다가 다시 땅에 엎드려 기도를 올리기 시작했다.

'천신님께 고하옵나이다. 지금 제 앞에 있는 이 궤는 아마도 거룩하신 천신님의 인도로 이곳에 닿은 것 같습니다. 이 궤안에 무엇이 들어 있는지, 이 궤를 열게 되면 어떤 결과가 일어날지 저는 알지 못하나이다. 그러나 저는 우선 모든 운명을 천신님께 맡기고 이 궤를 열어보고자 합니다. 저는 신명을 바쳐 천신님의 크신 뜻에 따를 것입니다. 바라옵건대 이 이후에 제가 해야 할 일에 대해서도 인도해주시옵소서.'

이렇게 기도를 하고나니 노파는 이상하리만치 마음이 편안해짐을 느낄 수가 있었다. 용기를 얻고 한 번 더 마음을 다잡은 그녀는 드디어 궤의 뚜껑을 조심스럽게 열기 시작했다.

그러자 그 순간, 궤의 안쪽으로부터 찬란한 광채가 마구 쏟아져 나오는 바람에 노파는 일순간 눈을 뜰 수 없는 지경이었다. 잠시 후 정신을 가다듬은 노파가 안을 들여다보니, 궤 한가운데에는 단정하면서도 이상하리만치 날카로운 눈빛을 가진 사내아이가 앉아 있었고 그 주변은 화려한 보물들로 가득 채워져 있었다. 또한 몇 사람의 건장한 사내들이 그 곁에 웅크리고 있었다.

그 광경을 지켜본 노파는 자신의 눈을 의심하지 않을 수 없었다.

섬뜩한 마음에 입이 다물어지지 않던 그녀는 궤를 피해 주춤주춤 몇 발짝 뒤로 물러설 수밖에 없었다. 그러나 잠시 후 겨우 정신을 가다듬은 노파는 그들이 자신에게 해를 끼칠 사람들이 아님을 직감하고 먼저 사내아이에게 손을 내밀어 궤 밖으로 인도했다.

아이는 일견 어린 나이임에도 그 신장이 3척이나 되었으며 머리둘레도 1척은 족히 넘을 것 같았다. 그리하여 노파는 그 아이와 사내들을 집으로 데려와 정성껏 음식을 지어 먹였다.

꿈과 같은 며칠이 지났다. 사내아이는 노파의 정성어린 보살핌에 감격해 마치 친모를 대하듯 잘 따랐으며 무슨 일에나 격의 없이 대화를 나눴다. 그리고 아이가 노파의 집에 머무른 지 7일째가 되던 날, 마침내 아이는 이 땅에 오게 된 그 동안의 경위에 대해 노파에게 자세히 털어놓는 것이었다. 노파는 그 이야기를 들으며 감격의 눈물을 억제할 수가 없었다.

'틀림없이 천신님께서 이 아이를 보내주셨을 게야.'

노파는 매일 밤 침상에 들면서 천신에게 감사의 기도를 올렸다.

'천신님, 이와 같이 현명한 아이를 제게 보내주셔서 정말 감사합니다. 천신님의 뜻에 어긋남이 없이 훌륭히 키우도록 하겠나이다.'

이렇게 아이는 노파의 정성어린 관심과 보살핌 속에서 쑥쑥 자라났다.

그러던 어느 날, 노파는 꿈속에서 아이의 이름을 지으라는 천신의 계시를 받게 되었다.

≪까치를 나타내는 「鵲」(작)자에서 「鳥」(조)를 뺀 『昔』(석)자를 성으로 하고, 궤를 열고 알에서 태어났다는 뜻에서 『脫解』(탈해)를 그 이름으로 삼도록 하라≫

탈해는 날을 거듭할수록 더욱 씩씩하고 건강하게 성장했다. 또한 그는 커가면서 신체적으로 보통사람과는 다른 특이한 특징을 보이기 시작했다. 노파의 보살핌을 받은 지 불과 몇 년이 지나지 않았는데도 그의 신장은 벌써 보통사람의 키를 훨씬 넘겼고 머리둘레는 유달리 컸으며, 특히 관절이 튼튼해서 그 누구와 힘을 겨루어도 그를 이길 장사눈 아무도 없었다. 뿐만 아니라 용모도 수려해서 그를 보는 사람은 누구나 다 혀를 내두르며 감탄해 마지않았다.

성격 또한 무던하고 포용력이 있어 무턱대고 남을 나무라는 일이 없었다. 게다가 무엇보다도 지력(智力)이 뛰어나 사리를 판단하는 데에 특출한 능력을 발휘했다.

그는 노파의 집에서 생활하며 낮에는 바다에 나가 고기를 잡아 노파의 생계를 돕거나 가끔 가까운 산에 올라 무예를 닦기도 했다. 또한 밤에는 집에서 날이 새는 줄도 모르고 책을 읽었다. 태어나면서부터 탁월한 재능을 지니고 있던 탈해는 이런 노력으로 인해 학문에도 두드러진 성과를 보였을 뿐만 아니라 천문과 지리에도 뛰어난 식견을 가지게 되었다.

이러한 탈해의 일상을 지켜보는 노파에게는 무거운 책임감이 생기지 않을 수 없었다. 이 책임감은 이윽고 그녀를 몹시 초조하게 만들고 마침내는 그녀의 가슴을 무겁게 짓누르기까지 하는 것이었다.

<솔직히 말해 나는 내 생을 다할 때까지 계속 이 아이와 함께 살고 싶다. 그러나 천신님의 뜻은 그런 것이 아닐 게다. 이 아이를 이런 곳에 언제까지고 붙잡아둘 수만은 없다. 고귀한 혈통을 가지고 태어난 아이이니 왕도에 가서 훌륭한 일을 해낼 수 있게 해야 한다>

어느 날 노파는 탈해를 불러 말했다.

'정말로 이런 말을 해야 할지 모르겠지만 너는 언제까지나 여기에 머물러 있어서는 안 된다. 너는 본디 고귀한 왕자 신분이다. 그러니 왕도에 가서 학문을 깊이 연구하고 뜻을 높이 세워 훌륭한 사람이 되도록 노력해야 한다. 그것은 용성국에 계시는 너의 부모님의 염원임과 동시에 천신님의 뜻이기도 한 것이다.'

노파의 간절한 부탁을 묵묵히 듣고만 있던 탈해는 그저 눈물만 흘릴 따름이었다. 눈물을 보인 것은 우선 노파와의 이별 때문인 것도 있었지만 무엇보다도 노파의 말 속에서 태어나 한 번도 보지 못한 용성국의 부모님 이야기가 나왔기 때문이었다.

그리고 그는 깊은 상념에 잠겨 들었다.

<그렇다. 나를 길러주신 이 분의 말씀처럼 나는 여기에서 오래 묵고 있을 수만은 없다. 열심히 학문을 연구하고 무예를 닦아 훌륭한 사람이 되어야한다.>

용호상박

탈해는 그 후 노파의 이야기를 몇 번씩이나 반추해 보았다. 그리고 자신은 본디 왕자라는 것과 새로운 나라를 세워야한다는 것, 그리고 용성국에 있는 부모님의 염원을 이루고 천신의 큰 뜻을 받들어야한다는 것 등이 늘 그의 머릿속에서 떠나지를 않았다.

한편으로는 노파와 이웃사람들로부터 전해들은 <김수로왕>이나 <가야국>이라는 말이 자꾸만 생각나 머릿속에서 빙빙 맴돌고 있었다.

그러던 중, 탈해는 당시 궤 속에 갇혀 있어서 자세히는 알 수 없었으나 용성국을 떠나 서라벌에 오는 도중 어느 해안가에서 북소리가 요란하게 들려왔는데 결국 그곳에는 상륙하지 못하고 서라벌까지 오게 된 일이 생각났다.

게다가 <김수로란 사람은 도대체 어떤 사람일까? 그가 다스리고 있는 가야국은 과연 어떤 나라인가? 전해들은 바에 의하면 수로왕은 변화무쌍한 변신술을 가지고 있다는데, 그와 한번 힘겨루기를 해볼까?> 라는 등, 엉뚱한 생각이 그의 신경을 자극하는 것이었다. 그래서 그는 마침내 가야국에 한번 가보기로 마음먹었다.

며칠 후 탈해는 가야의 어느 뭍에 당도했다. 배에서 내려 한참동안 걷고 있던 그는 들일을 하는 어느 농부를 만나 궁전이 있는 곳을 물었다. 그는 궁궐이 있는 방향을 친절하게 가르쳐주며 약 50리쯤 가야한다고 했다. 그러면서도 농부는 다른 곳도 아닌 임금님의 거처를 묻는 탈해의 걸출한 용모에 압도되었는지 다소간 겁먹은 표정을 감추지 못하는 것이었다. 때문에 탈해는 농부를 안심시켜야만 했다.

'나는 결코 나쁜 사람이 아니라오. 원래는 용성국의 왕자인데 지금은 서라벌에 살고 있소. 나는 다만 이 나라의 임금님이 매우 특출한 분이라기에 한번 찾아뵙고자할 따름이오.'

농부는 <왕자>라는 말에 한편으로는 의아해하면서도 일단은 예를 갖춰 고개를 깊이 숙였다. 농부의 그러한 모습을 보며 약간은 민망하다는 생각이 들었으나, 탈해는 기왕 내킨 김에 한 마디만 더 물어보기로 했다.

'수로왕은 백성들의 존경을 한 몸에 받고 있다 들었는데 어떤 점이 그렇게 훌륭합니까?'

'대왕님은 하늘이 내리신 분입니다요. 매우 존귀하신 몸이면서도 몇 년 동안이나 허술하고 변변치 않은 가궁(假宮)에서 기거하셨습니다. 그래서 얼마 전에는 백성들이 모두 힘을 합해 훌륭한 궁전을 세웠습니다. 여하튼 대왕님이 강림하시고 나라를 세우신 이래 저희들 생활은 매우 윤택해지고 지금은 모두 아무런 걱정 없이 편안히 살고 있습니다요.'

'그렇군. 수로왕이 백성들로부터 두터운 신망을 얻고 있다는 것은

사실인 것 같군. 아무튼 여러 가지로 고맙소이다.'

농부에게 사의를 표한 뒤 탈해는 궁전을 향해 걸음을 재촉했다. 삼월이라는 계절 탓도 있었지만 가야국은 어디를 가나 평화스럽고 온화한 분위기가 감돌고 있었다. 사람들의 표정은 한결같이 밝았고 농촌의 분위기 역시 평온 그 자체였다.

궁전에 도착해 보니 새로이 세워진 건물답게 궁궐의 정문은 웅장했고 아름답게 칠해진 처마단청은 마침 서녘으로 기울고 있는 석양빛을 받아 눈부시게 빛나고 있었다.

탈해는 내심 수로왕의 인품과 신술(神術)을 한번 시험해볼 속셈으로 위병에게 큰 소리를 치며 거칠게 말했다.

'나는 대 용성국의 왕자 석탈해라 하는 사람이다. 가야국 수로왕의 왕위를 빼앗으러 여기까지 왔느니라. 어서 수로왕에게 내 뜻을 전하도록 하라.'

위병들은 무엇보다도 먼저 탈해의 특이한 풍모(風貌)에 크게 놀라지 않을 수 없었다. 그들은 이처럼 신장이 거대하고 머리가 보통사람보다 월등히 큰 기인을 아직까지 본적이 없었던 것이다.

이런 괴짜 기인이 거룩하신 대왕에 대해서 폭언과 불손을 일삼다니, 이 괘씸한 놈을 어떻게 처리해야 할 것인가? 그들은 고민하지 않을 수 없었다. 그러나 탈해의 풍모와 기백에 눌린 위병들은 스스로 어떤 결단도 내리지 못한 채 결국 그들의 왕에게 이 사실을 알리고 말았다.

그렇지만 왕은 정체를 알 수 없는 괴짜가 출현했다는 말을 접하고도 조금도 놀란 기색을 보이질 않았다.

'뭐라고? 짐의 왕위를 빼앗으러 왔다고? 세상에 별 이상한 놈도 다 있군. 그 놈을 이리 데려오너라.'

왕 앞에 인도된 내방자는 방약무인(傍若無人)이란 글자 그대로였다. 그는 왕 앞에서 머리도 숙이지 않은 채 버티고 서있더니 왕을 매섭게 노려보기까지 하는 것이었다.

수로왕은 날카로운 눈초리로 그를 내려다보면서도 자제심을 잃지 않고 있었다.

'용성국에서 온 탈해라 했는가? 이 나라에는 무엇 하러 왔는가?'

왕은 근위병으로부터 <왕위를 빼앗으러 왔다>는 보고를 이미 들어 알고 있었으나 다시 한 번 위압적인 어조로 물어봤다.

'나는 용성국의 왕자다. 내 까닭이 있어 고국을 떠나왔지만 바다에서 멀리 가야국을 바라보니 이곳이 매우 살기 좋은 곳 같았다. 그래서 나는 이 나라의 왕이 되고자하는 것이다.'

수로왕의 눈에 비친 탈해는 비록 옷차림은 허름하였지만 그 눈빛만큼은 용의 눈처럼 날카로웠으며 기세가 위풍당당해서 주위를 압도하고도 남음이 있었다.

'그대는 범인(凡人)과는 달리 비상한 능력을 가지고 있는 것 같구나. 그 비범한 능력을 잘 살려서 자기나라를 훌륭히 다스려야 하거늘 왜 남의 나라를 넘보고 이를 찬탈하려 하는가?'

차분하고도 흔들림 없는 수로왕의 언행에 흔들린 탈해는 일순간 본심으로 돌아와 자신의 신상에 대해 말할 뻔 했으나 이내 마음을 바꾸고 다시 말을 내뱉었다.

'그대에게 내 신상에 대한 이야기까지 말할 필요는 없을 것이다. 이러쿵저러쿵 더 이상 대화 따위는 하기 싫다. 하여간 얌전하게 왕위를 내놓는 것이 좋을 것이다.'

탈해는 더욱 고자세로 어깨를 젖히면서 위압적으로 말했다. 그러나 수로왕은 다시 탈해를 달래는 듯하면서도 엄숙한 어조로 말을 이었다.

'그대도 왕자 신분이라면 나라를 다스리는 자의 마음가짐에 대해서는 익히 잘 알고 있을 것이다. 군주란 무엇보다도 천심을 거역해서는 안 되는 것이다.'

'무슨 말을 하는 건가? 그대가 이 나라를 다스리는 것이 바로 곧 천심이란 말인가?'

'그렇다. 짐은 천명(天命)을 받들어 이 나라를 다스리고 있는 것이다. 다시 말해 짐은 천명을 받고 백성을 편안하게 다스리기 위해 이 나라에 강림한 게야. 이 같은 천명에 거역하면서까지 그대와 같은 이방인에게 왕위를 내줄 수는 없느니라.'

탈해는 수로왕의 <천명>이라는 말에 순간적으로 움찔했으나 그 정도로 쉽게 물러설 그가 아니었다. 이렇게까지 일을 저질러놓은 이상, 그는 한번 갈 때까지 가보자는 심산이었다.

'천명이라고? 누가 그런 것을 믿는단 말인가? 그대가 완강히 그 자리를 버티고 있겠다면 할 수 없이 실력으로 겨룰 수밖에 없다. 그렇

게 되면 자연스레 천심이 어디에 있는지도 알 수 있을 것이다.'

수로왕은 더 이상 그를 말로 타일러도 소용이 없음을 알았다. 이렇게 된 이상 그 역시 왕위와 국운을 걸고 실력으로 결판을 낼 수밖에 없다고 마음먹기에 이르렀다. 수로왕은 조용히 자리에서 일어나 왕궁의 넓은 뜰로 향했다.

'할 수 없구나. 네가 그렇게도 원한다면 좋다. 자, 덤벼봐라!'

신하들은 숨을 죽인 채 손에 땀을 쥐고 승부의 귀추에 온 신경을 집중하고 있었다.

탈해는 재빨리 매로 변신하여 하늘 높이 날아오르더니 대궐 상공을 쏜살 같이 몇 차례 돌았다. 이를 본 수로왕은 즉시 독수리로 변신하여 매의 뒤를 쫓았다. 그러자 탈해는 이번에는 작은 참새로 변신하여 저공을 날아다니며 몸집 큰 독수리로부터 이리저리 교묘하게 몸을 피했다. 그러자 수로왕은 지체 없이 송골매가 되어 그 뒤를 쫓으니 참새는 이제 절체절명의 궁지에서 벗어날 길이 없었다. 승부는 그야말로 눈 깜작할 사이에 결판이 나고 말았다.

잠시 후, 탈해가 본래의 모습으로 돌아오자 수로왕도 곧 뒤를 이었다. 그리고 왕은 아무 일도 없었다는 듯이 호흡도 흐트러뜨리지 않은 채 태연한 자세로 다시 옥좌에 앉았다.

바로 직전까지 무서운 기세로 승부를 재촉하던 그였지만 수로왕의 뛰어난 신술 앞에서 마침내 항복한 탈해는, 스스로 미숙함을 인정함과 동시에 자신이 왕에게 범한 중죄에 대해 진심어린 사죄를 올렸다.

‘폐하와 술법을 겨룬다는 당치도 않은 무례를 범한데 대해 깊이 사죄드립니다. 제가 매가 되니 폐하께선 독수리가 되시고, 제가 참새로 변신하자 폐하께선 재빨리 송골매로 변신하셨습니다. 제가 죽음을 면한 것은 오직 살생을 싫어하시는 성스러운 대왕폐하의 은덕 덕분이옵니다. 저의 무례와 죄과는 매우 무겁사오나, 아무쪼록 넓은 아량을 베푸시어 용서해주시옵소서.’

‘사람은 누구나 잘못을 저지를 수 있는 법이니라. 중요한 것은 그것을 스스로 깨닫고 고쳐나가는 것이다. 내 생각건대 그대에게는 탁월한 능력이 있고 또한 원대한 포부를 가지고 있는 것 같으니, 언젠가는 반드시 그 포부를 실현할 날이 올 것이다.’

수로왕은 탈해의 죄를 더 이상 묻지 않았을 뿐더러 오히려 격려까지 해가며 그의 앞날을 축복해 주었다.

수로왕과의 대결에서 참패한 탈해는 처음 가야국에 상륙했을 때의 패기는 어디론가 사라져 버리고 몹시 의기소침해졌다. 한편으로는 수로왕의 훌륭한 신술과 위엄, 바다와 같은 넓은 아량에 감탄한 나머지 그 자신도 앞으로 더욱더 겸손한 마음을 가져야 되겠다고 굳게 결심하는 것이었다. 그리고는 작은 배에 쓸쓸하게 그의 몸을 의탁한 채 뱃머리를 서라벌로 돌렸다.

한편 수로왕은 탈해를 잘 타일러 보냈으나 혹 그가 다시 변심해 난동을 부릴 것을 우려하여 서둘러 수군 5백 명을 내어 탈해의 뒤를 따르게 했다. 탈해가 탄 배가 뱃머리를 돌리지 않고 그대로 서라벌 경계로 들어가는 것을 확인한 가야의 군선은 긴장을 풀고 다시 가야로 돌아왔다.

이 사건이 있은 후, 여태까지 호기에 가득 차있던 제 자신을 추스르고 깊이 반성하여 겸손한 마음을 갖게 된 탈해는 한층 더 원숙한 인간미를 갖추게 되었다.

반월성의 해후

서라벌로 돌아온 탈해는 며칠 동안 외부와의 접촉을 일체 끊은 채 칩거에 들어갔다. 그렇다고 해서 그가 이때까지 자신의 참패를 곱씹으며 의기소침해하고 있었다는 뜻은 결코 아니었다.

다만 그는 앞으로 자신이 해야 할 일에 대하여 숙고에 숙고를 거듭하고 있었던 것이다.

이와 같은 탈해의 속마음을 짐작할 리 없었던 노파는 안절부절못하고 있었다. 활발했던 예전과는 달리 가야국에서 돌아오고 난 뒤의 탈해는 심신이 매우 지쳐있는 듯했고, 무엇보다도 입을 굳게 다문 채 거의 말이 없었기 때문이었다. 물론 이렇게 자신을 염려하는 노파의 마음을 탈해가 모를 리 없었다.

그러던 어느 날, 탈해는 노파 앞에 무릎을 꿇고 앉았다.

‘어머님, 저는 또다시 밖으로 나가야만할 것 같습니다. 이번 여행은 아마 꽤 시일이 걸릴지도 모르겠습니다. 어머님이 늘 저에게 하신 말씀을 명심하고 또 명심해서 꼭 훌륭한 사람이 되겠습니다. 어머님, 부디 몸 건강하십시오.’

탈해의 이 같은 말을 듣고 노파는 비로소 안도의 한숨을 내쉴 수가 있었다. 탈해가 수일동안 칩거하고 있었던 이유를 이제야 이해할 수 있었기 때문이었다.

노파는 탈해의 손을 굳게 잡으며 말했다.

‘내 일일랑 걱정하지 말거라. 비록 몸은 늙었어도 아직 거동은 할 수 있으니 생활하는 데는 걱정 없다. 나는 네가 훌륭한 사람이 되는 것을 무엇보다 바라고 있어. 그것만이 나의 유일한 꿈이며 또한 천신 님의 뜻에 보답하는 길이기도 하단다.’

그리하여 탈해는 두 사람의 하인만을 데리고 서라벌의 왕도를 향한 여행길에 올랐다.

목적지에 도착하자 그는 먼저 왕도의 동쪽에 자리한 토함산(吐含山)에 올랐다. 산정에서는 멀리 동해의 해돋이를 조망할 수 있었으며, 서쪽으로는 화려한 왕도의 모습이 한눈에 들어와 마치 손에 잡힐 듯 했다.

그는 두 사람의 하인과 더불어 토함산 정상 가까운 곳에 평탄한 자리를 골라 돌을 쌓고 가옥(假屋)을 지은 뒤, 이 집에서 7일간을 묵었다. 그곳에서 묵는 동안 왕도를 둘러싸고 있는 산세와 지세 그리고 수세를 상세히 관찰하며 앞으로의 계획을 구상하기 위함이었다.

8일째가 되어 토함산을 내려온 그들 일행은 다시 월산(月山)으로 발걸음을 향했다. 보름달 모양을 한 나지막한 이 산은 왕도의 한가운데에 위치하고 있어 사방을 전망할 수 있었으며 또한 산기슭에는 맑은 개천이 흐르고 있어 집을 짓고 살기에는 최적지였다.

'저곳에 집을 짓고 살면 자손만대의 번영은 물론 관리로서도 분명 성공할 수 있을게다. 하루라도 빨리 저곳에 멋진 집을 짓고 아진포에 계신 어머니를 모셔와야겠다.'

탈해는 입가에 회심의 미소를 지으며 걸음을 재촉했고, 벅찬 기대감으로 인해 그의 마음만큼은 어느새 월산 꼭대기에 올라가 있을 정도였다.

그런데 그들 일행이 월산 가까이에 이르자 탈해의 얼굴에는 불안한 그림자가 드리우기 시작했다. 이윽고 그 불안한 표정은 놀라움과 실망으로 인해 더욱 흉하게 일그러졌다.

토함산 위에서 바라보았을 때에는 수목에 가려 보이지도 않던 저택이 자신이 예정해 놓은 터의 한 가운데에 떡하니 버티고 선 광경이 그의 눈앞에 나타났기 때문이었다.

실망한 탈해는 산기슭에 이르렀고, 마침 그곳을 지나가던 행인을 불러 이것저것을 물어보기로 했다.

'저 집에는 누가 살고 있습니까?'

'저것은 호공이라는 분의 저택입니다'

행인은 대답을 하면서도 의아스러운 표정을 지으며 고개를 갸우뚱 거렸다. <서라벌에서는 누구나 다 호공의 집을 모르는 사람이 없을 텐데…>라는 의미를 담고 있는 듯했다.

'호공이라는 분은 어떤 사람입니까?'

그 물음에 행인은 더욱 의아해하는 표정으로,

'대보(大輔)자리에 계시는 호공을 모르십니까? 그분은 대왕의 신임을 한 몸에 받고 계신 분입니다. 허리에는 늘 호리병을 차고 다니셔서 다들 그렇게 부르고 있는데… 아, 그리고 그 분은 왜나라 사람입니다. 매우 총명하신 분이라서…'

행인의 대답이 여기에 이르자 탈해는 갑자기 그의 말을 가로막고 고맙다는 예를 표한 뒤 하인들에게 좀 쉬어가자고 말했다. 그런 뒤 자신은 길가에 있던 평평한 돌에 털썩 걸터앉아 뭔가 깊은 생각에 잠기는 것이었다.

'허리에는 호리병을 차고 다니고…, 왜인이고…, 대왕의 신임을 받고 있고…, 총명하고…, 호공… 호공…'

탈해는 조금 전에 행인이 설명해 준 내용을 몇 번씩이나 되뇌어보았다. 그리고는 그것들이 의미하는 바는 무엇인지, 자신과는 어떤 관계에 있는지, 그리고 자신은 이제부터 무엇을 어떻게 해야 하는 건지, 이러한 생각들이 그의 머릿속에서 떠나지를 않았다.

'그렇다. 무엇보다도 먼저 호공을 만나 그로부터 관심을 사야 한다.'

오랜 생각 끝에 결국 이 같은 결론에 도달한 그는 호공에게 인정받기 위해 실로 엄청난 일을 꾸미기 시작했다.

수일 후 음력 3월 초이레, 해가 서녘 하늘에 거의 그 모습을 감추고 있을 무렵이었다. 호공의 저택에 몰래 잠입한 탈해는 한밤중이 되자 미리 준비해간 숫돌과 숯 그리고 몇 개의 쇠붙이를 저택의 돌담 밑 몇 군데에 나누어 깊숙이 묻었다. 야심한 밤인지라 저택 안은 인기척 하나 들리지 않고 정적만이 감돌고 있을 뿐이었다.

며칠 후, 호공의 저택을 찾은 탈해는 다짜고짜 주인인 호공에게 자신을 만나 줄 것을 요청했다. 예기치 못한 방문객을 맞이한 호공은 잠시 탈해의 얼굴과 옷차림을 훑어보고는 조용히 입을 열었다.

'그대는 서라벌 사람이 아닌 듯한데…'

'예, 그렇습니다. 제 선조는 대대로 이 땅에 살고 있었습니다만 저에게 사정이 있어 꽤 오랫동안 외지에 나가 있어야만 했습니다. 그런데 이번에 제가 돌아와 보니 옛날 우리 집은 흔적도 없이 사라지고 그 위에 이와 같이 호공님의 저택이 세워져 있는 것이 아니겠습니까? 이것은 도리에 어긋나는 일이라 생각됩니다. 그래서 이 토지를 꼭 돌려주셨으면 하는 마음에 이렇게 찾아뵌 것입니다.'

집을 내놓으라는 청천벽력과도 같은 탈해의 말에 호공은 어안이 벙벙하여 뭐라 할 말이 없을 정도였다.

'무슨 허튼 소리를 하는 겐가? 이 집을 세울 때 이 땅 위에 다른 집은 없었네. 오직 넓은 허허벌판이었어. 게다가 나는 황무지와도 같

던 이 땅을 평평하게 고른 뒤에야 집을 지을 수 있었네. 그대가 뭔가 잘못 알고 있는 게 아닌가?'

'아닙니다. 저는 어릴 때 이 산기슭 개천에서 물놀이도 하고 저쪽에 보이는 계림(鷄林)을 바라보며 청운의 꿈을 키우기도 했답니다. 이 주위에 보이는 산들도 옛날 그대로입니다. 이 땅은 저의 조상님들이 살고 있던 곳에 틀림없습니다.'

탈해의 설명은 매우 구체적이었으며 그 태도에는 추호의 흔들림도 없었다. 호공은 탈해의 주장에 울화가 치밀었으나 그렇다고 해서 언제까지나 그와의 응대를 되풀이하고 있을 수만도 없었다.

호공은 잠시 입을 다물고 있었다. 말로 응수를 거듭해본들 해결의 실마리가 보일 것 같지 않았기 때문이었다. 게다가 이 불의(不意)의 침입자는 보통내기가 아니라는 생각이 들었다. 어떻게 설복시켜야할지 숙고를 거듭한 끝에 마침내 호공이 입을 열었다.

'그렇다면 선조 대대로 여기에 살았다는 무슨 증거라도 있는가?'

'그것은 저도 잘 모릅니다. 대보님이 이 집을 지으실 때 무엇 하나 남기시지 않고 다 없애버렸을 지도 모르구요.'

호공은 더욱 당황했다. 자승자박(自繩自縛)이란 바로 이럴 때를 두고 하는 말이던가! 더 이상의 논쟁을 벌이는 것은 백해무익(百害無益)이라 생각한 호공은 탈해에게 다음과 같이 제의했다.

'이처럼 그대와 소리 높여 언쟁해봤자 별 소용이 없을 것 같네. 이렇게 된 이상 관에 가서 흑백을 가리는 수밖에. 그대의 생각은

어떤가?'

그러나 이는 곧 탈해가 바라고 있던 바이기도 했다. 호공이 바로 이리 나올 것을 충분히 예견하고 있었던 탈해는 일이 자신의 예상대로 되어가자 속으로는 쾌재를 불렀다.

'좋습니다. 저도 바라고 있던 바입니다.'

이리하여 시비(是非)는 관가에서 가리게 되었다.

이 사건을 맡게 된 판관은 먼저 탈해에게 물었다.

'이 토지는 이미 십 수 년 전부터 호공님께서 집을 짓고 살고 계신 곳이다. 그것을 아닌 밤중에 홍두깨 격으로 그대의 소유라 주장하고 있는데 그 증거는 무엇인가?'

'죄송합니다만, 아무리 신분이 높으신 분이라 할지라도 실수는 있기 마련입니다. 호공님도 물론 고의는 아니었을 것이라 사료되오나 결과적으로는 이렇게 잘못을 저지른 것이 되어버렸습니다.'

탈해는 정면으로 자기의 소유라 주장하지 않고 마치 호공의 입장을 배려라도 하듯 대답했다. 이러한 태도를 놓칠 리 없는 판관은 오히려 꾸짖듯이 말을 이었다.

'무엇이 실수고 무엇이 잘못이라는 건가? 좀 더 구체적으로 말하도록 하라.'

'먼저 호공님께선 저택을 지으실 때 그 토지의 연고자에 대해 좀 더 자세히 조사를 하셨어야 했습니다. 당시에 건물이 없다고 해서 그 토지에 집이 없었다고 단정할 수는 없는 것입니다. 저의 집은 선조

대대로 낫과 괭이 등을 만드는 대장장이였습니다.'

'그렇다면 대장간을 하고 있었다는 무슨 증거라도 있는가?'

'이미 수십 년이나 지난 일이기 때문에 저도 확실한 건 잘 모르겠습니다. 하지만 그 토지를 파 보면 혹시 그러한 흔적을 찾아낼 가능성이 있지 않겠습니까?'

'만약 그러한 흔적이 발견되지 않는다면 어찌하겠는가? 그리고 그 밖에 그대의 주장을 뒷받침할만한 다른 증거는 있는가?'

'당시의 지인이나 마을사람들이라도 있다면 혹여 증언을 들을 수도 있었겠습니다만, 제가 탐문해본 바로는 유감스럽게도 당시의 사정을 아는 사람이 없었습니다.'

판관은 탈해에게 여기까지 묻고는 다시 호공을 향해 말했다.

'여기까지 온 이상 결국 이 토지를 파보는 수밖에 없을 것 같은데, 어떻습니까?'

자신의 집터에 대장간이 있었다는 말을 들어본 적이 없었던 호공은 증거 따위가 나올 수 없을 거라는 확신을 가지고 있었다. 따라서 호공 또한 더 말할 필요 없이 이 말에 동의하고 말았다.

다음날 판관을 비롯한 소송 당사자들이 지켜보는 가운데 저택 안에서 발굴 작업이 시작되었다.

하인들이 돌담 밑과 마당 한가운데 등 여기저기를 파헤치기 시작하자 호공은 탈해에게 확신에 찬 웃음을 지어보였다. 그러나 호공의 기대와는 달리 작업을 시작한 지 채 얼마 되지도 않아 몇 군데에서

숯돌과 숯덩이 그리고 금속편 등이 튀어 나오는 것이었다.

예상치 못한 결과에 당황한 호공은 너무 놀라서 안색이 창백해졌고, 안절부절못하는 모습이 실로 남들이 보기에도 민망할 지경이었다.

이렇게 의심할 수 없는 명백한 물적 증거가 나온 이상 아무리 막강한 권력자인 호공이라 할지라도 어떻게 할 수 없는 노릇이었다. 결국 판관은 탈해의 주장을 사실로 인정해 줄 수밖에 없었다.

매우 결백한 성격의 소유자였던 호공은 일이 이렇게 된 이상 깨끗이 판결을 받아들여 자신의 저택을 탈해에게 양도해 주기로 마음먹고 이사 준비에 착수했다.

하지만 며칠 후 탈해가 또다시 호공을 찾아오면서 뜻밖의 일이 일어났다. 그는 지난번에 땅을 되돌려달라고 하던 때의 당돌한 태도와는 딴판으로 매우 얌전하고 근직(謹直)한 태도를 보였다.

'호공님, 아무쪼록 이 저택을 그대로 사용하십시오. 한 나라의 재상으로 매우 바쁘신 분께 이러한 하찮은 일로 막심한 심려를 끼쳐드려 오히려 송구스럽게 생각합니다. 저는 아직까지 딸린 식솔도 없습니다. 해서, 저는 이 근처에 자그마한 집을 지어 살도록 하겠습니다. 부디 저의 충정(衷情)을 거두어주시기 바랍니다.'

호공은 너무나도 어이가 없어 벌린 입이 다물어지질 않았다.

예로부터 <병 주고 약 주고>라는 말이 있는데, 바로 이럴 때를 두고 하는 말인가? 호공은 괘씸한 놈이라는 생각이 들었으나 한편으로는 그가 진지한 면이 없지는 않은 것 같다는 생각도 들었다.

쉽게 납득할 수 없어 얼른 대답을 하지 않던 호공은 대신 그에게 어떠한 이유로 심경의 변화를 일으켰는지 물어보았다.

'특별히 이유 따위는 없습니다. 조금 전에 제가 말씀드린 그대로입니다. 제 조상님들의 토지를 되찾는다는 것은 저로썬 물론 매우 중요한 일입니다. 그러나 그것은 어디까지나 저 개인의 문제입니다. 이와는 달리 재상의 지위에 계시는 호공님의 입장에서, 국정에 주력하셔야 할 분이 이사로 인해 정력을 빼앗긴다면 나라가 어찌 되겠습니까? 이것은 호공님 개인 문제이기에 앞서 국가적 손실이라 말할 수 있을 것입니다.'

쌍방의 대화가 몇 차례 오고 간 뒤, 결국 호공은 탈해의 제의를 받아들이기로 했다. 이러한 일이 계기가 되어 나중에는 <기인(奇人)탈해>라는 소문이 왕도 구석구석에까지 자자하게 되었다.

한편, 어느 날 남해왕이 호공을 불러 물었다.

'경은 탈해라는 기인에 대해 들어본 바가 있소?'

호공은 선대 혁거세대왕 때부터 대보의 자리에 있었을 뿐만 아니라 어릴 시절부터 남해왕을 여러 모로 돌봐주었기에 남해왕에게 호공은 신하라기보다는 마치 집안 어른과도 같은 존재였다.

때문에 남해왕은 무슨 일이 생길 때면 격의 없이 호공에게 묻는 습관이 있었다. 호공 또한 공사(公私)에 관계없이 그의 하문에 대해서는 무엇 하나 숨기지 않고 솔직하게 말해주었다.

　호공은 탈해와의 송사(訟事)건에 대해서도 남해왕에게 자세히 그 전말을 아뢰었다. 그것을 듣고 남해왕은 즉시 예민한 반응을 나타냈다.

　'그 자를 궁궐로 불러들여 적당한 일을 맡겼으면 하는데 그대 생각은 어떠하오?'

　호공도 사실은 적당한 시기를 봐서 탈해를 왕에게 천거하려고 생각하고 있었던 터였다. 그러나 탈해가 자신과 비슷한 외지인이란 점 때문에 근신들 가운데 혹여 반대하는 자가 있을지도 모른다는 우려로 차일피일하던 차였다. 그런 와중에 왕의 제의를 먼저 받게 된 그는 머뭇거림 없이 즉석에서 응했다.

　'좋은 생각이십니다. 그는 틀림없이 폐하의 기대에 부응할 것입니다.'

　호공은 이렇게 대답하고 한결 가벼워진 마음으로 왕에게 다시 중국 고사를 예로 들어 왕의 판단이 옳았음을 거들었다.

　'폐하께서도 잘 아시는 바와 같이 촉나라의 유비와 제갈공명의 도원결의(桃園結義)는 그야말로 운명적인 만남이었습니다. 혹 폐하와 탈해가 그와 같은 만남이 될지도 모를 일 아니겠습니까?'

　그 일이 있은 후부터 서라벌의 관인으로 호공 가까이에서 일하게 된 탈해는 <일어득수> (一魚得水)의 기분으로 타고난 재능을 마음껏 발휘하며 여러 가지 많은 공적을 세웠다.

　이와 더불어 왕의 신임 또한 날로 두터워졌다. 즉위 5년째 되던 해 남해왕은 마침내 그의 장녀를 탈해와 혼인시켜 인척관계를 맺었고, 다시 2년 후에는 호공의 후임으로 탈해를 대보자리에 앉혔다. 그리하여 탈해는 단숨에 막강한 권력의 중추에 오르게 된 것이었다.

호공은 대보자리에서 물러난 뒤에도 사심 없이 탈해를 도와주며 여러 가지 유익한 조언을 아끼지 않았다. 탈해 또한 어려운 일이 있을 때마다 호공에게 숨김없이 털어놓고 자문을 구했다.

그렇게 지내던 어느 날 탈해가 정무를 마치고 자택으로 돌아와 호공을 초대했다. 오래간만에 둘이서 만나 정담을 나누기 위함이었다. 두 사람이 술잔을 주고받으며 정답게 대화를 나누던 중 이야기가 예전의 월산 택지 이야기까지 흘러왔다. 두 사람은 공히 그 토지가 상대방의 소유라 믿고 있었기 때문에 서로 미안하게 생각하고 있던 터였다.

그 때 호공이 무언가 생각이라도 난 듯 자신의 무릎을 탁 치며 탈해에게 물었다.

'탈해공, 어떨까? 그 월산에 궁전을 세우면?'

'궁전을 세운다고요?'

당시 이 산은 <반월산>(半月山)이 아니라 <월산>(月山)으로 불리고 있었다. 본디 반월산이라는 이름은 훨씬 후대에 붙여진 것으로, 당시의 월산은 그 이름이 말해주듯 나중의 반월산보다도 훨씬 넓었다고 한다.

여하튼 탈해는 호공의 갑작스런 제의에 잠시 멍하니 앉아 상대방의 얼굴만 바라보고 있을 따름이었다. 그 때 호공이 다시 말을 이었다.

'서라벌 땅이 비록 넓다고는 하네만 궁전 자리로는 더 이상의 적지(適地)는 아마 없을 것이오. 그것은 귀공도 인정하겠지?'

'물론 그렇지만 너무 갑작스런 제의라서…'

과거를 돌이켜보면 두 사람 모두 이 산이 천하의 명당자리라 생각하고 있던 터였다. 때문에 호공도 그 곳에 집을 지었으며 탈해 또한 거기에 집을 지으려 했던 것이다.

그러니 그 명당자리에 궁전을 세운다는데 대해서 둘에게 이론(異論)이 있을 리 만무했다. 탈해가 갑자기 손을 내밀며 호공의 손을 굳게 잡았다.

'호공, 공은 정말 서라벌의 은인이오. 그래, 그렇게 하도록 합시다.'

그리하여 얼마 후 월산에 있던 호공의 저택은 철거되고 그 자리에 서라벌의 아름다운 건축미를 마음껏 살린 훌륭한 궁전이 세워지게 되었다.

대보 직책을 맡게 된 탈해는 자주 지방을 들러 민정을 살폈고 이를 정치에 반영시켰다. 그 과정에서 탁월한 능력을 발휘한 탈해의 비범함은 결국 여러 사람들의 입에까지 회자될 정도였다.

한때는 이러한 일도 있었다.

탈해가 몇 사람의 측근만을 데리고 산행을 한 적이 있었다. 한창 더운 여름이었으나 산에 오를 때에는 이른 아침이어서 그런지 제법 산들바람이 불어 나름대로 상쾌하기까지 했다.

하지만 하산할 때에는 더위가 한층 심해져 일행은 목이 마른데다가 비 오듯 흐르는 땀으로 인해 온몸이 흠뻑 젖어 있었다. 때문에 일행은 목을 축이면서 잠시 쉬어 가기 위한 샘을 찾았지만 이런 곳은 좀처럼 나타나질 않았다. 나무그늘에 앉아 잠시 쉬던 탈해는 백의(白衣)라는 하인에게 샘을 찾아 물을 길어오라고 명했다.

좀처럼 눈에 띄질 않는 샘을 찾아 산속을 여기저기 해매고 다니던 백의는 마침내 깊은 골짜기의 한쪽 편 바위틈에서 졸졸 흐르는 물을 발견할 수 있었다. 물이 흘러내리는 곳에는 마치 수정과도 같이 맑고 깊은 샘이 자리하고 있었다.

너무나도 기쁜 나머지 무심결에 흐르는 물에 입을 갖다 대려던 백의는 문득 무엇인가를 생각했는지 이내 몸을 일으켜 세웠다. 백의 자신은 목이 타서 죽을 지경이었지만 자신이 먼저 이 물을 마셔서는 안 된다는 생각이 순간 그의 뇌리를 스쳐지나간 것이었다.

그래서 그는 갈증을 참으며 가지고 갔던 용기에 물을 가득 채웠다. 물은 용기를 들고 있는 손이 서늘할 만큼 차갑고 시원해 보였다. 그러나 그는 주인님이 이 물을 보시면 얼마나 좋아하실까를 상상하면서 서둘러 발걸음을 재촉했다.

울퉁불퉁한 산길을 넘어지지 않으려 안간힘을 쓰며 걷자니 목덜미에서 흘러내리던 땀이 어깨 아래 전신에까지 흘러 백의의 온몸은 순식간에 땀으로 흠뻑 젖어 버렸다. 그러나 그것보다 더 견디기 어려웠던 것은 너무나 목이 마른 나머지 자꾸 용기 속의 물을 넘보게 만드는 그 자신의 생리적 욕구였다.

더 이상 견딜 수 없었던 백의는 유혹을 이겨내지 못하고 용기에 입을 갖다 대버렸다. 그런데 그 순간 백의의 입이 용기에 딱 달라붙더니 아무리 떼려 해도 떨어지지를 않는 것이었다.

그는 순간 어찌 할 바를 몰라 몹시 당황했으나 이미 때는 늦어 아무리 발버둥치고 바르작거린들 소용이 없었다. 눈앞이 캄캄해진 그는 탈해가 가까이 다가오는 것조차 알아차리지 못하고 있었다.

'뭐냐 이 꼴은?'

아무리 기다려도 돌아오지 않는 백의가 걱정되어 찾으러 온 탈해가 그 광경을 목격한 것이다. 사태의 추이를 알게 된 탈해가 말을 이었다.

'사람은 누구나 스스로 완수해야 할 의무와 책임 그리고 역할이 있는 법이다. 그것을 본분이라 하는데, 그것을 다하지 못할 경우에는 응분의 벌을 받는 것이 마땅하다. 그리하여 너는 물을 찾아 길어오는 역할은 다했으나 자신이 섬기는 어른에 대해서는 예의와 책임을 다하지 못해 이와 같은 벌을 받게 된 것이다. 하지만 평소 너의 충심을 감안하여 이번만은 용서해주기로 하겠다. 그러니 앞으로 다시는 이와 같은 과오를 범해서는 아니 된다.'

탈해의 훈계가 끝나자마자 이상하게도 백의의 입을 놓아주지 않았던 용기가 저절로 뚝 떨어져나갔다. 이를 본 백의는 회한의 눈물을 흘리며 잘못을 빌고 다시금 탈해에게 충성을 맹세했다고 한다.

왕자(王者)의 덕목

나라가 세워진 지 아직 얼마 되지 않았던 남해왕의 치세 21년간은 내우외환이 빈발하여 불안한 상태가 지속되고 있었다.

안으로는 가뭄이 계속되었고 역병이 몇 번이나 유행했으며 밖으로는 외적의 침입이 끊이질 않았다.

특히 낙랑군의 1차 침입 시에는 혁거세왕의 상중이기도하여 침략군에 대항할 겨를도 없었거니와, 한때는 왕성이 몇 겹으로 포위당해 중대한 위기에 처하게 된 때도 있었다.

그럴 때마다 남해왕은 <부덕한 자신이 백성들의 추대에 의해 왕위에 오르긴 했으나, 아무리 생각해도 이는 잘못된 처사>라며 책임을 통감하고 며칠씩 밤을 지새우며 스스로를 한탄하는 것이었다.

또한 남해왕의 즉위 11년째 되던 해에는 왜인이 백여 척의 병선(兵船)을 이끌고 대거 침입해와 왕이 스스로 군사를 이끌고 왜군을 물리쳐야만 했는데 그 고생이 이만저만이 아니었다.

그렇지만 남해왕은 이 같은 다난한 세월 속에서도 운 좋게 호공과 탈해라고 하는 탁월한 두 인재를 얻었기에 곳곳에 산재한 어려움을 잘 극복할 수 있었다.

그러나 천명은 어쩔 수 없어 온갖 난관을 헤쳐오던 남해왕도 재위

21년째 되던 해 병상에 눕게 되었고, 얼마 후 백성들의 깊은 애도 속에 세상을 등지고 말았다.

그는 임종이 다가오자 근친과 백관들을 불러놓고 유언을 남겼다.

'나라를 다스리는 자를 정할 시에는 그 혈통이나 서열만을 고려해서는 아니 된다. 무엇보다도 우선 백성을 사랑하는 마음이 있어야하고, 또한 더불어 인(仁)·의(義)·지(智)·덕(德)을 갖추고 있지 않으면 안 된다. 따라서 짐의 후사는 박(朴)씨나 석(昔)씨 성을 가진 사람 가운데 적자 서자 남자 여자에 관계없이 이들 덕목을 두루 갖춘 자를 골라 대를 잇도록 하라.'

태자 유리(儒理)는 석씨를 언급한 부왕의 유명(遺命)에 따라 매형인 탈해에게 왕위를 양보하려 했다. 더구나 유리는 당시 대보 자리에 있던 탈해가 평소 백성들로부터 두터운 신망을 얻고 있다는 사실을 잘 알고 있었던 것이다.

그러나 탈해는 유리 왕자의 제의를 완강히 고사했다.

'지존(至尊)이라는 지위는 저와 같이 무능한 범인(凡人)이 감당해낼 수 있는 자리가 아닙니다. 존귀한 신분으로 높은 덕성을 겸비하고 계시는 태자님이 응당 감당하셔야 할 자리입니다.'

그러나 진정으로 탈해가 왕위에 오르기를 원했던 유리 왕자는 거듭 탈해의 마음을 움직여보려 애를 썼다.

'나는 거룩하신 할아버님과 아버님의 존귀한 피를 이어받고 태어났다고는 하나, 그렇다고 해서 제왕으로서의 천성을 얻고 태어난 것은 아닙니다. 이에 비해 그대는 제겐 없는 제왕의 천성을 충분히 갖추고 있습니다. 아마 할아버님과 아버님께서도 명도(冥途)에서나마 그대가 왕위에 오르기를 바라고 계실 것입니다.'

그러나 이와 같은 왕자의 거듭된 요청에도 탈해는 끝내 자신의 뜻을 굽히려들지 않았다. 왕위를 놓고 쌍방의 실랑이가 계속되는 가운데 돌연 탈해가 새로운 제안을 했다.

'제가 듣기로는 비범하고 현명한 사람은 보통사람보다 치아가 많다고 들었습니다. 그래서 서로의 치아 수를 세어 많은 쪽이 왕위에 오르도록 하는 것이 어떻겠습니까?'

탈해의 기묘한 제안을 듣고 유리는 고개를 갸우뚱거렸다.

'그런 말은 들어본 적이 없는데… 하여간 언제까지 자기주장만 되풀이하고 있을 수만은 없겠지요. 좋습니다. 어디 한번 해 봅시다.'

탈해는 하인을 불러 연한 찰떡 몇 개를 가지고 오게 했다. 떡을 입에 넣고 가볍게 물면 치아 모양이 떡에 박힌다는 것을 탈해는 이미 잘 알고 있었던 것이다.

두 사람이 각각 떡을 물고 나서 치아의 흔적을 비교해보자 유리의 치아가 탈해보다 많았다. 그러나 탈해의 치아는 태어나면서부터 모두 한 덩어리로 이어져 있어 유리의 치아보다 적을 수밖에 없었고, 이것은 결국 탈해가 유리 왕자에게 왕위를 양보하고자 쓴 계략이었던 것이다.

그리하여 결국 남해왕의 뒤를 이어 유리왕이 즉위하게 되었다.

탈해에게 왕위를 양보하려했던 것에서도 짐작할 수 있듯 유리왕은 자기 스스로에게는 매우 엄격했으나 그 천성이 매우 겸손하여 남에게 만큼은 항시 관용으로 대했으며 특히 백성들에게는 널리 자비를 베풀었다. 또한 그는 시간이 날 때마다 종종 벽지를 돌며 민정을 시찰하곤 했는데, 호공과 탈해가 그러한 왕의 정사를 헌신적으로 보필했다.

여느 때처럼 유리왕 일행이 지방을 순행하던 어느 날, 굶주린 노파가 길가에 쓰러져 빈사상태에 놓여있는 것을 발견하게 되었다. 이를 본 왕은 긴 한숨을 내쉬며 말했다.

'노인과 아이들이 이렇게 궁한 처지에 빠져있는 것은 나와 같이 미련한 자가 왕위에 올랐기 때문이다. 백성들의 궁핍함도 헤아리지 못하는 나 같은 자가 어찌 왕의 자격이 있겠는가? 내 죄가 실로 크도다.'

그리고는 자신이 입고 있던 웃옷을 벗어 노파의 어깨위에 덮어준 뒤 음식을 준비하여 노파에게 먹이고는 동석한 관료들에게 명을 내렸다.

'전국에서 가난에 허덕이고 병고에 시달리고 있는 사람이나 의지할 곳이 없는 노인, 그리고 몸이 불편하여 자활(自活)할 수 없는 사람들을 찾아내 힘닿는 데까지 도와주도록 하라.'

이러한 소문은 순식간에 퍼져나가 주변 여러 나라 사람들의 귀에까지도 흘러들어가게 되었고, 이들 나라의 백성들 중에는 유리왕의 인덕에 반하여 이주해 오는 자들까지 있을 정도였다.

낙랑의 최리(崔理)왕이 고구려 제3대 대무신(大武神)왕과의 싸움에서 크게 패해 발생한 낙랑의 유민 5천여 명이 서라벌로 흘러들어온 것도 바로 이 무렵이었다.

고구려의 호동(好童)왕자가 낙랑(樂浪)공주를 교사(敎唆)하여 무기고에 소중히 보관되어 있던 고각(鼓角:적병이 침입해 오면 저절로 울리기 시작하는 영묘한 악기)을 모두 파괴시키자 대혼란에 빠진 낙랑이 결국 패망했던 것이다.

한편 마한은 북방 말갈(靺鞨)족의 침략이 거듭되어 혼란을 면치 못하고 있었는데, 설상가상으로 왕가(王家)의 사치와 퇴폐가 극에 달해 정국이 매우 불안정한 상태였다. 이 때문에 마한에서도 많은 유민들이 유입되었는데, 그들은 이구동성으로 마한 왕의 실정을 크게 비난하고 있었다.

'마한은 이제 머지않아 망할 게야.'

'불원간 백제가 공격한다는 소문이야.'

'그게 단순히 소문만 난 건 아닌 것 같아. 백제 왕궁의 우물이 갑자기 넘쳐흐르고 한성(漢城)의 어느 농가에서는 사육하고 있던 말이 송아지를 낳았대. 그렇게 여러 가지 이변이 잇달아 일어나고 있다는 거야. 그 뿐인가, 그 송아지는 목은 하나인데 몸체는 둘이라는 거야.'

'뭐야, 왕궁 우물이 넘쳐흘렀다고? 그리고 말이 송아지를 낳았다는 것은 또 무슨 말이야?'

'자세히는 알 수 없지만 우물이 넘친다는 건 백제의 힘이 왕성해진

다는 것을 의미하고, 소의 몸뚱이가 두 개라는 건 백제가 이웃나라를 병합시키는 징후라는 모양이야.'

'결국 마한이 백제에 합병된다는 것인가?'

사람들은 삼삼오오 모여서 이 같은 이야기들을 주고받고 있었고, 또한 이런 소문은 당연히 호공의 귀에도 흘러들어갔다.

소문을 접한 호공은 자신이 대보로 임명된 지 얼마 되지 않아 수교 사절로 마한을 방문했을 때에 벌어진 일을 회상하게 되었다.

그때 마한 왕은 서라벌국의 사절대표인 자신을 욕되게 했을 뿐만 아니라 국왕에 대해서까지 서슴없는 폭언을 퍼부었던 것이다.

그 후 전해들은 바에 의하면 마한 왕은 백제에 대해서까지 예의에 어긋난 행동을 자주 보였다고 한다. 즉, 백제의 온조(溫祚)왕이 웅천 (熊川)성을 쌓을 때 주위에 호를 팠는데, 마한 왕은 여기에 대해서도 부당한 항의를 해 백제를 난처하게 만들었다고 한다.

이처럼 타국과의 외교 의례를 지키지 않는 나라가 제대로 번영할 리가 없었다. 그래서 호공은 마한의 장래가 그리 길지 않을 것으로 판단하고 있었는데, 마한 내의 민심이 흉흉해지는 것을 지켜보는 백 제왕 또한 호공과 같은 심정이었던 듯싶다. 백제왕이 늘 순망치한 (脣亡齒寒)을 입버릇처럼 말하고 다녔기 때문이었다. 즉 잇몸이 없어 지면 치아가 시리게 되는 상황, 다시 말해 백제왕은 이웃나라가 망하 면 자국의 상황도 위태로워질 수 있다고 걱정했던 것이다.

이와 같은 다난한 국제정세 속에서도 유리왕은 재임 중 여러 가지

치적(治績)을 남겼다. 그러나 인명은 재천인지라 그도 왕위에 오른 지 33년 만에 마침내 임종을 맞이하게 되었다.

그는 재임 중에도 탈해가 올라야 할 자리에 자신이 앉았다고 자책하고 있었는데, 그와 같은 유리왕의 생각은 마침내 그가 숨을 거두는 자리에서 유언으로 반영되었다.

'탈해는 왕가의 인척이며, 또한 대보 자리에 올라 여러 번 이 나라에 큰 공을 세웠다. 그리고 그는 무엇보다 사람을 볼 줄 아는 안식과 뛰어난 결단력을 가지고 있다. 이 점이야말로 무엇보다 중요한 왕자(王者)의 덕목이라 할 수 있을 것이다. 짐의 두 자식은 그 재능이 미처 탈해를 따르지 못하니 내가 죽은 뒤 서라벌의 왕위는 탈해에게 물려주고자 한다.'

그리하여 왜국 서북의 섬나라 용성국의 왕자로 알에서 화생한 기인 탈해는 월산에서 드물게 보는 특출한 인물인 호공을 만나 출세의 발판을 만들었고, 마침내 63세나 되는 고령으로 서라벌의 제4대 왕에 올라 광대하고 현란한 월성(月城)의 새로운 주인이 되었다.

계림의 금란

왕위에 오른 탈해는 호공을 불러 다시 대보로 임명했다. 심신이 쇠약해졌음을 느낀 호공은 처음에는 이를 고사했으나 거듭되는 탈해의 간곡한 부탁을 더 이상 물리칠 수만은 없었던 것이다.

어느 무더운 여름날이었다. 그 날은 낮에는 한창 찌는 듯한 더위가 계속되더니 서산에 해가 기울 무렵이 되자 제법 선선하고 상쾌한 산들바람이 불고 있던 그런 날이었다. 호공은 정무를 모두 마친 뒤 집으로 돌아가기 위해 마침 월성 서쪽에 있는 계림(鷄林)옆을 지나고 있었다.

그 때 계림 숲속에서 난데없이 닭 우는 소리가 들려왔다. 이를 이상히 여긴 호공은 소리 나는 쪽을 향해 몸을 돌렸고, 바로 그 순간 갑자기 하늘에서 영롱한 광채 한줄기가 뻗치며 계림의 안쪽을 비추는 것이었다.

'저것이 도대체 무엇일까?'

계림은 당시까지만 해도 <시림>(始林)으로 불리고 있었다. 월성 가까이에 있는 이 숲은 수령이 수백 년이나 되는 아름드리 소나무들이 울창하게 자라 한낮에도 햇빛이 차단되어 늘 그늘져 있었고 또한 고요하기만 했다. 다만 이 정적을 깨는 것은 가끔 나뭇가지 사이를 오가는 새들의 지저귐과 낙엽을 밟으며 달리는 짐승들의 울음소리뿐이었다.

이런 숲의 분위기로 인해 이 지역 사람들은 시림 숲을 신령이 사는 성지로 숭상하면서 함부로 숲속에 들어가거나 나무를 벌채하는 일을 삼가고 있었다.

그런데 그날따라 다른 동물도 아닌 집에서 기르는 닭의 울음소리가 시림 숲속에서 들린 것이었다.

호공은 이것이 예삿일이 아님을 직감적으로 느꼈다. 하늘에서 광채가 비추고 당시 서라벌에서 신성한 동물로 여겨지던 닭이 울고 있다는 점 등을 미뤄 볼 때 이는 틀림없이 상서로운 길사(吉事)로 생각되는 것이었다.

그래서 그는 시림의 숲이 성지라는 사실도 잊은 채 자신의 키만큼이나 무성한 초목을 헤치며 숲속으로 들어갔다.

예상했던 대로 그 곳에는 멀리 하늘 저편으로부터 온 요염한 보랏빛 구름이 지면을 향해 길게 뻗쳐있었고, 그 구름 줄기를 타고 황금궤 하나가 나뭇가지에 걸려 있는 모습이 어슴푸레하게나마 눈앞에 펼쳐졌던 것이다. 숲 밖에서 그가 보았던 빛은 바로 그곳에서 발하고 있었다.

순간 호공은 자신의 눈을 의심했지만 다시 눈을 비벼가며 그 곳으로 가까이 다가가 보았다. 그랬더니 나무 아래의 작은 공터에서 순백의 고상한 닭이 힘껏 홰를 치며 울고 있는 것이 아닌가!

이런 놀라운 광경을 목격한 호공은 집으로 돌아가던 길을 멈추고 궁궐로 다시 돌아가 왕에게 자신이 겪은 일의 전말을 세세히 아뢰었다.

이 소식을 들은 왕은 제대로 잠을 이룰 수가 없었다. 이윽고 날이 밝아오자 궁금증을 견디다 못한 왕은 호공을 비롯한 몇몇 근신들을 이끌고 직접 계림으로 향했다.

일행이 숲이 멀리보이는 곳까지 이르자, 과연 호공의 말대로 그곳에는 하늘에서 눈부신 광채가 보랏빛 구름을 뚫고 숲속을 향해 비추고 있는 것이었다.

　탈해왕 일행은 잠시 걸음을 멈추고 멀찌감치 그 광경을 바라보다가 빛을 발하는 숲속을 향해 천천히 걸음을 옮기기 시작했다. 가까이 갈수록 숲속은 눈부신 광채로 환하게 밝아져만 갔다.

　마침내 도착한 곳에는 과연 듣던 대로 큰 소나무 가지 사이에 황금궤가 걸려 있었으며 흰 닭이 마치 왕과 일행을 환영이라도 하듯 맑고 깨끗한 목소리로 계속 울어대고 있었다.

　왕은 근신들과 함께 금궤를 향해 경건한 예를 갖춘 뒤 조심스럽게 금궤를 나뭇가지에서 내려 궁궐로 옮기기로 결정했다.

　금궤가 숲에서 나와 궁전으로 향하는 도중에도 숲속에 있던 모든 새와 짐승들이 즐거이 노래를 부르며 금궤 주위를 맴돌았다.

　왕은 금궤가 운반되는 도중에 혹여 부정(不淨)한 일이라도 생기지나 않을까 매우 조심히 다루도록 명을 내리고, 특히 임산부나 새끼 밴 짐승들의 접근에는 더욱더 신경을 쓰도록 했다. 덕분에 금궤는 궁전 내 제단이 설치된 곳까지 무사히 옮겨질 수 있었다.

　금궤가 제단에 안치되자 왕은 심신을 맑게 한 뒤 성스럽고 엄숙한 제사를 집행하기 시작했다.

　'거룩하신 천신님, 이제부터 천신님이 내리신 궤를 열고자 합니다. 아무쪼록 이 나라에 다시없는 즐거운 일이 생기도록 보살펴주시옵소서.'

　왕은 경건한 마음으로 기도를 올리면서도 또한 마음속으로는 <부디 저의 필생의 소원을 이룰 수 있게 해 주시옵소서>라며 자신이

늘 마음에 담고 있던 소원도 함께 빌었다. <필생의 소원>이란 다름
아닌 왕 자신의 후사에 대한 것이었다.

탈해는 아효(阿孝)왕비와의 사이에 구추(仇鄒)라는 아들을 하나 두
었지만 아무리 생각해봐도 구추는 왕자(王者)로서의 그릇이 되지 못
했다. 때문에 탈해는 어떻게든 만인의 존경을 한 몸에 받을 수 있는
훌륭한 후사를 얻고자 노력했다. 그러나 아무리 탁월한 능력을 갖고
있는 그라 할지라도 이 문제만큼은 마음대로 할 수가 없었기 때문에
홀로 애태우고 있었던 것이다.

왕의 기도가 끝나고 모든 관민들이 숨죽이고 지켜보는 엄숙한 분위
기 속에서 마침내 금궤가 열렸다.

열려진 궤 안에서는 뭐라 표현할 수 없을 만큼 영롱한 빛이 발하고
있었는데 그것은 숲속에서 보았던 빛과는 또 다른 그야말로 황홀하기
이를 데 없는 눈부신 광채였다. 그리고 이 빛의 중앙 부분에서 온몸에
고귀한 빛을 발하는 사내아이가 보였다.

너무나도 놀란 왕은 자신도 모르게 '억!'하는 소리를 지르며 한걸음
뒤로 물러섰다. 근신들 또한 누구라 할 것 없이 저마다 경탄해마지않
으며 웅성거리기 시작했다.

허나 혼란스러운 사람들의 반응과는 달리 궤 속에서 불쑥 일어선
아이의 얼굴은 그야말로 거룩하면서도 씩씩하기만 했다.

이 때의 왕의 기쁨은 이루 형용할 수 없을 정도였다. 아이를 본
순간, 궤를 열기 전에 천신에게 드린 자신의 기도가 마침내 이루어진

듯했기 때문이었다.

왕은 양팔로 아이를 조심스럽게 안아 올린 뒤 경건한 마음으로 천신에게 새로이 감사의 기도를 올렸다.

'저에게 귀한 후사를 내려주셔서 진심으로 감사드립니다. 이것은 제 자신은 물론 이 나라에도 정말 더할 나위 없는 경사이옵니다. 천신님의 은혜에 보답하기 위해서라도 이 아이를 소중히 그리고 현명하게 키울 것을 맹세합니다. 이제 천신님 덕택으로 이 나라의 초석이 튼튼히 다져졌습니다. 원하옵건대 금후에도 이 아이와 우리나라의 앞날을 인도하여 주시옵소서.'

아이는 그 출생이 서라벌의 시조인 혁거세와 매우 닮아 있었다. 또한 혁거세는 알에서 태어나마자 처음 입을 열고 <알지 거서간 한번 일어나다>라는 예사롭지 않은 말을 했기에 사람들은 이런 혁거세의 탄생과 관련한 고사(故事)를 빌어 이 아이의 이름을 <알지>(閼智)라 짓고, 금궤에서 나왔기에 성을 <김>(金)이라 하였다.

탈해는 천신에게 맹세한 것을 성실히 수행하기 위해 알지의 양육에 온 정성을 다했다.

알지 또한 매우 씩씩하고 무럭무럭 자랐으며 성장하면 성장할수록 그가 지닌 천성적인 총명함이 빛을 발하기 시작했다. 때문에 탈해는 내심 알지를 태자로 책봉하기로 굳게 마음먹고 있었다.

날마다 총명함을 더해가며 성장하는 알지의 모습을 보는 것이 그 무엇보다 커다란 낙이었던 탈해는 한편으로 자신의 건강이 예전과 같지 않음을 느끼고 있었다. 태어날 때부터 튼튼해 건강을 자랑하던 그였지만 이런 그 역시 노쇠와 병마가 다가오는 것만큼은 막을 수가 없었던 것이다.

탈해는 적당한 시기를 봐서 알지를 태자로 봉하는 의식을 치르려 하였다. 그러나 당사자인 알지 자신은 그와 같은 부왕의 간절한 소망을 외면한 채 이를 좀처럼 받아들이려 하지 않았다.

알지가 태자로 책봉되는 것과 장차 왕위에 오르는 것을 한사코 고사했던 배경에는, 무엇보다도 탈해의 적자인 구추에 대한 미안함이 있었다.

아울러 그는 2대왕인 남해왕이 <적자나 서자나 혹은 남자나 여자에 관계없이 박 씨나 석 씨 가운데 왕으로서의 덕목을 갖춘 자를 뽑도록 하라>라는 유훈을 남겼다는 사실 또한 잘 알고 있었기에 <김 씨>인 자신이 왕위에 오를 수는 없는 노릇이라고 생각했던 것이다.

태자 책봉을 거부하는 알지에 대한 탈해의 실망은 너무나도 큰 것이었다. 이 일이 계기가 되어 탈해는 결국 병상에 몸져눕게 되고 다시금 일어날 수 없는 신세가 되었다.

빈사(瀕死) 상태의 병상에서도 그는 어려운 일이 닥칠 때마다 자신을 보좌하며 탁월한 능력을 발휘해주던 호공을 무척이나 그리워했다. <호공이 살아있었다면 틀림없이 알지를 설득시켜 줄 텐데…>라는 한없는 아쉬움 때문이었다. 그러나 혁거세 이래 4대에 걸쳐 헌신적으로 왕을 도와 나라를 위해 힘쓰던 호공은 이미 영욕이 교차하던 파란 많은 그의 일생을 수년전에 마감해 버린 뒤였다.

그리하여 며칠 후 탈해는 결국 그의 후사를 정하지 못한 채 향년 84세에 그 생을 마감하며 재위 23년간의 치세도 막을 내렸다. 허나 이 탈해라는 세기의 기인은 죽고 난 후에도 여러 가지 화제를 남긴다.

탈해왕이 승하하자 중신들은 숙의를 거듭한 끝에 그 매장지를 유천(疏川)언덕으로 정하고 성대하게 장례식을 거행했다.

그 후, 왕위를 계승한 파사왕의 꿈에 <내 뼈를 다시 매장하라>는 탈해의 계시가 있었다. 이 계시가 과연 구체적으로 무엇을 의미하는지 중신들 사이에서는 의견이 분분했으나, 결국 뚜렷한 결론을 내리지 못하고 일단 매장지를 다시 파보기로 했다.

탈해의 시체는 두개골의 둘레가 무려 3척 2치로, 신체의 길이 또한 9척 7치나 되었다. 치아는 단단한 뼈와 같이 모두 이어져있었으며 관절 또한 모두 연결되어 있었다. 실로 천하에 그 유례를 찾아볼 수 없는 역사(力士)의 골격이었던 것이다.

그래서 파사왕은 그 뼈를 추스르고 거기에 찰흙을 섞어 소상(塑像)을 만들어 궁중에 안치시키도록 하였다.

그러나 다시 <내 뼈를 동악에 묻도록 하라>는 계시가 내려져 결국 소상은 동악으로 옮겨지게 되었고, 그 후부터 사람들은 이를 동악신(東岳神)으로 모시며 매년 제사를 올리게 되었다.

동악이란 아진포의 의선노파의 집에서 나와 서라벌에 도착한 탈해가 맨 처음 오른 토함산의 별명으로, 그곳은 탈해가 집을 짓고 7일간 입신출세의 꿈을 키우던 곳이기도 했다.

한편, 새로 왕위에 오른 파사왕은 본디 유리왕의 둘째 아들이었다. 유리왕의 첫째 왕자인 일성(逸聖)을 신왕으로 세워야 한다는 일부 중신들의 의견이 있었으나 위엄과 현명함에서 파사가 월등하다는 의견이 대세여서 결국 파사로 결정된 것이었다.

파사왕은 그 본성이 매우 검소한 사람으로 백성을 자식처럼 사랑했으며 백성들 또한 모두 그를 칭송했다. 또한 그는 자주 주군(州郡)을 순방하며 민심을 살피고 국고를 열어 백성들을 구제했다. 특히 생활고로 인해 죄를 범한 죄수들에게는 관용을 베풀어 이형(二刑) 즉, 교형(絞刑)과 참형(斬刑)에 해당하는 죄를 범한 자 이외에는 모두 방면하는 등 가난하고 소외된 백성들의 삶을 개선하는데 주력했다.

또한 당시 인접 여러 나라들로부터의 침략이 빈발하여 늘 노심초사하던 파사왕은,

'지금 창고에는 곡식이 거의 다 바닥났고 병기는 낡아 쓸모가 없게 되었도다. 만약 앞으로 한재나 수해가 생겨 어려울 때에 변방에 적이 침공해오기라도 한다면 어떻게 대처할 수 있겠는가? 그러니 관은 즉시 백성을 독려해 농업과 양잠을 장려하고 무기를 제조하여 불의의 사태에 대비토록 하라'

라고 명을 내려 관민이 힘을 합해 내치와 외환에 대비할 것을 강조

하기도 하였다.

파사왕은 근린 여러 나라들에 대해서는 강경책과 온건책을 시기적절하게 시행하며 외교적으로는 매우 유연한 입장을 취하고 있었다.

이 무렵 음즙벌(音汁伐)과 실직곡(悉直谷)이라는 변방세력 간에 땅의 경계를 둘러싼 분쟁이 일어났다.

서로 옥신각신하던 그들은 결론이 나지 않자 결국 파사왕에게 도움을 청해왔다.

왕의 명을 받은 서라벌의 판관은 쌍방의 주장을 듣고 이를 해결하려했으나 문제가 워낙 복잡하게 얽혀져있는 탓에 판결을 내리기가 쉽지 않았다. 그래서 그는 파사왕에게 최종적인 판단을 내려줄 것을 요청했던 것이다.

왕은 근신들을 소집하여 이 문제를 심의토록 했으나 그들 역시 명확한 판결을 내릴 수가 없었다. 그때 어느 신하가 왕에게 아뢰었다.

'신이 듣는 바에 의하면 가야국의 수로왕은 지혜가 풍부할 뿐만 아니라 이러한 문제에 대해서는 탁월한 판단력을 가지고 있다하옵니다. 그분을 불러 상의해 보신다면 틀림없이 묘책이 생길 것이옵니다.'

그때 또 다른 신하가 이에 동조하였다.

'그리하시는 것이 좋을 듯싶사옵니다. 최근 가야국 군사들이 국경 부근에 자주 침범하여 분쟁이 끊이질 않고 있습니다. 이와 같은 때에 수로왕을 초빙하는 것은 그러한 분쟁을 해결하는 데에도 큰 효과가 있을 것이옵니다.'

파사왕도 수로왕이 비범한 능력의 소유자라는 것은 익히 들어 알고 있었기에 그라면 틀림없이 이 어려운 사건을 능히 해결할 수 있을 것이란 생각이 들었다. 또한 이를 통해 가야국과의 사이를 돈독히 하고 국경분쟁까지 막을 수 있다면 이야말로 <꿩 먹고 알 먹는 격>이었다.

'그것 참 좋은 생각이로다. <일석이조>란 말도 있는데 바로 이런 경우를 두고 하는 말인가 보다. 그래, 곧 수로왕을 초청하기로 하자'

구지봉의 금란

파사왕은 수로왕을 초청하는 방법에 대하여 누구보다도 먼저 알지에게 그 의견을 물었다.

'수로왕이라면 음즙벌과 실직곡의 분쟁에 대해 아마 명확한 판결을 내릴 수 있을 것입니다. 속히 사신을 보내 정중히 초청하시는 것이 좋을 듯싶습니다.'

이 같이 왕께 아뢴 알지는 수로왕이 온다는 소식에 내심 그를 만난다는 기대감마저 들었다.

실은 이미 어릴 적부터 부왕인 탈해로부터 여러 차례에 걸쳐 수로왕에 대한 이야기를 들어왔던 알지였기에 언젠가는 한 번 만나봐야 할 사람으로 여기고 있던 터였다.

어느새 알지의 뇌리에는 수십 년 전 수로왕에 관해 탈해와 이야기를 나누던 장면이 생생히 되살아나고 있었다.

탈해는 평소에도 수로왕을 높이 평가하고 있었다. 자신이 젊었을 때 수로왕과 힘겨루기를 해서 분패한 사실을 솔직하게 이야기한 적도 있었다. 그리고 탈해는 늘 입버릇처럼 말하곤 했다.

'너도 언젠간 반드시 그를 만나게 될 것이다. 그것은 너의 숙명이기도 하단다.'

당시에는 이 <숙명>이라는 말을 이해할 수 없었던 어린 알지는 탈해에게 그 말의 뜻을 물었다.

'아버님, 그 <숙명>이란 무슨 뜻입니까?'

'요컨대 너와 수로왕은 보통사람과는 다른 특별한 인연이 있다는 뜻이야.'

'특별한 인연이라고요? 그게 무슨 뜻입니까? 좀 더 자세히 설명해 주십시오.'

알지는 어릴 때부터 <끈질긴 성격>이라는 말을 자주 들었다. 그래서 평소에도 자신이 납득할 수 없는 말에 집요하게 물고 늘어지기 때문에 주위 신하들은 종종 알지와 이야기하는 것을 꺼리곤 하였다.

탈해도 알지의 끈질긴 요구를 끝내 물리칠 수는 없었다.

'너도 들어서 알겠지만 네가 <김>이란 성을 갖게 된 것은 하늘에서 내려진 금궤 속에서 태어났기 때문이란다.'

'예, 그것은 저도 들어서 잘 알고 있습니다. 그렇지만 전 어디까지나 아버님의 아들입니다. 아버님이 저를 이렇게 키워주신 것입니다. 저는 이런 아버님의 은혜를 결코 잊은 적이 없습니다.'

'그래, 네 마음은 나도 잘 안단다. 실은 수로왕도 너와 같은 출생 내력을 가지고 있어. 그도 하늘에서 내려진 붉은 천에 싸인 황금알에서 태어났단다.'

'그렇다면 수로왕의 성이 <김>인 것도 그 황금 알에서 유래한 것입니까?'

'그렇단다. 그래서 너와는 특별한 인연이 있다고 하는 게야.'

탈해의 이야기를 듣고 난 알지는 잠시 깊은 상념에 잠겼다.

<아버님의 말씀처럼 이것이야말로 특별한 인연이 아닐 수 없다. 그러나 잘 생각해 보면 이 특별한 인연은 비단 수로왕과 내 자신만의 관계는 아닌 것 같다. 시조인 혁거세대왕도 그렇고 아버님도 그렇고 모두 알에서 태어나지 않았던가. 그렇다면 난 알에서 태어난 다른 분들과도 각별한 인연이 있다는 이야기인데…. 그런데… 그 모든 분들이 다 왕의 신분?…>

이렇게 생각하며 알지는 무심결에 탈해의 얼굴을 쳐다보았다. 평상시에는 근엄했던 왕의 얼굴이 그날따라 이상하게 온화한 미소를 짓고 있었으며, 눈은 부드러운 자비심을 가득 담고 있는 듯했다.

이처럼 당시의 일을 회상하는 알지는 파사왕을 옆에 두고 깊은 상념에서 벗어나질 못하고 있었다.

한편, 누구보다도 알지의 의견을 신뢰하는 파사왕은 수로왕을 초청하러 갈 사신을 누구로 할 것인가에 대해 고심 중이었다.

'그러면 즉시 사신을 보내야할 텐데… 그런데 너는 뭔가 걱정이라도 있는 게냐? 무엇을 그리도 깊이 생각하고 있는 게야? 안색도 그리 썩 좋지 않은 것 같은데…'

파사왕의 염려스러운 질문에 알지는 문득 제정신이 들었다.

'아, 아닙니다. 아무 일도 아닙니다. 저는 다만 수로왕의 환영 준비를 어떻게 해야 할 지 잠시 생각하고 있었을 뿐입니다.'

엉겁결에 환영 준비를 핑계로 알지는 그 자리를 모면했다.

한편 수로왕은 파사왕의 정중한 초청에 쾌히 응했다. 그리고 그는 90세의 노령에도 불구하고 허 (許)왕후와 20여명의 측근들을 대동하고 서라벌의 왕도를 찾았다.

파사왕은 수로왕 일행을 맞아 새로이 완성한 월성 (月城) 으로 모셔 성대한 연회를 베풀고 후하게 예우했다. 그 환영 연회석에는 왕 부처와 알지를 비롯한 고관들이 빠짐없이 참석했다.

월성은 선대왕의 즉위 초기에 건설에 착수해 거의 완성단계에 이르렀으나 탈해가 그 끝을 보지 못하고 임종하자 파사왕이 이를 다시 증축하여 마침내 완성을 보게 된 것이었다. 이 사업이 워낙 큰 공사였기 때문에 그 완성까지 꽤나 오랜 시간이 걸린 셈이었다.

그러나 완성된 궁성은 예전의 서라벌 궁성과는 달리 월산 위에 세워진 입지적 조건도 있고 파사왕이 증축하기도 하여 꽤나 먼 거리에서도 궁궐이 보일 만큼 그 본전이 우뚝 솟아있었다. 그리하여 공사를 마친 이 성은 <신월성> (新月城) 혹은 <재성> (在城)으로도 불리게 되었다.

수로왕 부처의 환영행사는 이 월성에서 이루어졌다. 연회가 한창 무르익어가는 가운데 파사왕후 사성 (史省)은 수로왕후 허황옥 (許黃玉)의 서라벌 방문을 진심으로 환영하고 그녀의 아름다움과 고상한 인간미, 그리고 우아하면서도 화려한 옷맵시에 극구 칭찬을 아끼지 않았다.

남국 (南國)사람임에도 불구하고, 허 왕후는 <비단 왕후>라는 애칭을 가지고 있을 정도로 실로 맑고 흰 얼굴을 가진 정숙한 여인이었다.

사성왕후는 허 왕후가 아유타국 (阿踰陀國)에서 처음 시집와 궁성으로 가는 도중, 어느 언덕에 올라 입고 있던 비단치마를 벗어 천지신명에게 예물로 바친 뒤 기도를 드렸고, 그 후 이 일이 계기가 되어 사람들이 그녀를 <비단왕후>로 부르게 되었다는 사실을 익히 들어 알고 있었다.

'정말 백옥같이 수려하십니다. 이런 아름다움을 유지하실 수 있는 특별한 비결이라도 있으십니까?'

사성왕후의 이와 같은 칭찬에 허 왕후는,

'비결이라니요. 그런 것은 없습니다. 저는 다만 머나먼 아유타국에서 온 지 벌써 꽤나 됐는데도 아직도 가야국 풍속에 익숙지 않아 당황

할 때가 종종 있답니다.'

라고 가볍게 답했고, 사성왕후 자신이 수로왕과 같은 김 씨라고 하자 더욱 각별한 관심을 나타내기도 했다.

한편 행사 다음날, 수로왕은 파사왕으로부터 부탁받은 송사를 해결하기 위해 당사자들을 불러 심의를 시작했다.

과연 기대했던 대로 수로왕의 판단력은 명석했다. 그는 분쟁지역이 자연재해로 인한 지형의 변화가 있었음을 발견하고, 각기 조상전래의 땅이라 주장하는 쌍방 가운데 실직곡 측 주장에 하자가 있음을 지적해 이 땅이 음즙벌에 속한다는 결론을 내리며 말했다.

'인간이 더불어 살아가는데 가장 소중한 것은 <신의> (信義)니라. 토지라고 하는 것은 돈만 있으면 언제라도 살 수 있다. 그러나 돈으로 살 수 없는 것이 있다. 그것이 바로 <신의>인 것이다. 이것은 인간의 마음과 관계된 것이기 때문에 물질로 살 수만은 없는 것이다. 그대들은 서로 이웃 간이니 형제와 같다고 볼 수 있을 것이다. 이번 일은 일시적인 판단착오에서 벌어진 일이라 생각하고 이제부터는 서로 <신의>를 바탕으로 형제처럼 사이좋게 지내야할 것이다.'

파사왕은 이와 같은 수로왕의 명 판결에 깊은 사의를 표명하고 육부(六部) 에 명하여 수로왕의 송별연회 만큼은 육부 전체가 공동으로 주최하여 성대히 베풀도록 하였다.

<육부>라 함은 서라벌 초기의 <육촌>을 행정적으로 개칭하여 만들

어진 제도로, 양부(梁部)·사양부(沙梁部)·본피부(本彼部)·점양부(漸梁部)·한기부(漢祇部)·습비부(翌比部)가 바로 그것이었다.

그런데 수로왕의 송별연회 과정에서 예기치 않은 문제가 발생했다.

육부 가운데 양부, 사양부, 본피부, 점양부, 습기부의 오부는 모두 17관등(官等)중 1순위인 이벌손(伊伐飡)과 2순위인 이척손(伊尺飡) 신분의 관리가 직접 접대 책임자로 나왔으나, 한기부만은 벼슬이 낮은 자가 접대 대표로 나왔던 것이다.

이와 같은 한기부의 행위에 대하여 수로왕은 이를 관례상 예의에 어긋난 처사라 하여 내심 매우 탐탁하지 않게 여겼다.

이런 주군의 심사를 눈치 채지 못할 리 없던 수로왕의 신하는 자신의 주군에 대한 무례를 어떻게 해서든 규명해 보려고 수로왕에게 아뢰었다.

'이는 비단 한기부만의 책임이 아니라 사료되옵니다. 이와 같이 무례한 자를 고관으로 임명한 파사왕에게도 그 책임을 물어야할 것입니다.'

그러나 수로왕은 파사왕에게까지 그 책임을 묻는 것 또한 예의가 아니라 생각하여 흥분해있던 신하에게 말했다.

'파사왕은 우리에게 최대한의 후대로 다해주었다. 물론 그대의 말처럼 임명권자인 파사왕에게 그 책임이 전혀 없다고 볼 수만은 없겠지만 그 책임을 전적으로 파사왕에게 돌리는 것에는 무리가 있다. 그러나 한기부의 결례만큼은 이대로 묵과할 수 없을 것이다.'

그러나, 수로왕의 <묵과할 수 없다>라는 말을 어떻게 받아들였는지, 분을 참지 못하던 신하는 결국 수하에 있던 탐하리(耽下里)라는 자를 시켜 한기부의 수장 보제(保齊)를 살해하고 말았다.

사건이 발생한 뒤 범인 탐하리는 수로왕을 따라 가야국으로 돌아가지 못하고 음즙벌의 타추간(陀鄒干) 집에 숨어버렸다.

파사왕은 신하를 타추간에게 보내 범인을 내놓도록 명하였으나, 그는 얼마 전 수로왕의 판결과 결부된 정의(情誼)를 생각해서인지 끝내 범인을 내놓지 않았다. 타추간이 왕명을 따르지 않자 화가 머리 끝까지 치민 파사왕은 군사를 동원하여 음즙벌을 토벌토록 하였다.

결국 타추간은 부하들과 더불어 스스로 죄를 뉘우치고 왕에게 항복했고 이렇게 해서 수로왕과 관련된 소동은 일단락되었다.

파사왕은 재위 33년 동안, 대내적으로는 수시로 관리를 파견해 모든 백성들의 애로를 살피고자 노력했으며, 대외적으로는 군사를 동원하여 비지국(比只國, 창녕군)·다벌국(多伐國, 대구)·초팔국(草八國, 협천군)등을 합병해서 국토를 크게 넓혔다.

이러한 파사왕을 보필하며 알지는 사심 없이 국정에 헌신했고, 자신을 길러준 탈해의 깊은 은혜에 보답하고자 노력했다.

알지 자신이 비록 왕위에 오르진 않았으나 이로부터 180년 후, 알지의 7대손에 해당하는 13대 미추왕(味鄒王)대에 이르러 드디어 김 씨가 박 씨와 석 씨를 제치고 왕위에 오르게 되었고 그 후에도 계속해서 그 대를 이어갔다.

한편 구지봉(龜旨峰)의 금란(金卵)에서 태어난 수로왕의 가야는 6세기 중엽에 이르러 신라에 병합되지만, 이들의 후손들 역시 신라 김 씨 왕조의 중추적 역할을 담당하며 김춘추와 김유신을 비롯한 많은 위인들을 배출하였다.

이후 <서라벌>은 <德業日新(덕업일신)>에서 <新>을 취하고, <四方網羅(사방망라)>에서 <羅>를 취하여 나라 이름을 <신라>로 개명하게 되었다.

비단왕후의 진노

수로왕의 서라벌 체류는 불과 5일에 지나지 않았으나 그는 김알지 등을 비롯한 많은 관인들과 더불어 여러 가지 이야기를 나누며 나름대로 많은 견문을 넓힐 수가 있었다.

그리고 무엇보다 화려한 궁전과 정연하게 구획된 왕도의 모습에 적잖은 감동을 받았던 그는 서라벌에 대한 선망의 마음이 들기도 하였다. 뿐만 아니라 알지로부터 전해 들었던 서라벌의 건국에 관한 설화나 일상적인 관습 등은 거의 모든 면에서 가야국과 닮아 있었다.

특히, 혁거세가 강림하기 전 이미 서라벌에 육촌이란 공동체가 있었으며 그 대표자들에 의해 혁거세가 왕으로 추대되었다는 알지의 이야기를 듣자 수로왕은 무한한 감회에 젖어들 수밖에 없었다.

수로왕 자신도 아도간(我刀干)·여도간(汝刀干)·피도간(彼刀干)·오도간(五刀干)·유수간(留水干)·유천간(留天干)·신천간(神天干)·오천간(五天干)·신귀간(神鬼干)의 이른바 구간(九干)에 의해 왕으로 추대되었던 때의 정경이 바로 얼마 전의 일처럼 뇌리에 생생하게 되살아났기 때문이었다.

그리하여 수로왕은 가야로 돌아오자마자 곧바로 근신들을 소집하여 어전회의를 열었다.

삼삼오오 궁궐로 모여드는 신하들 가운데는 얼마 전 수로왕이 서라벌에 초청된 것에 대하여 왕의 안전을 이유로 반대한 자가 있었던 만큼 왕이 무사히 돌아온 것에 대해 안도의 숨을 쉬는 사람들이 여럿 있었다.

마침내 왕은 근신들을 돌아보며 천천히 입을 열었다.

'그대들도 어느 정도는 알고 있겠지만 짐이 서라벌에 갔다와보니 서라벌은 우선 민생이 안정되어 있었고 왕도(王都) 또한 예상외로 번성했으며, 무엇보다도 질서가 잘 잡혀 있어 모든 면이 매우 훌륭했다. 물론 우리나라도 지금은 태평스럽고 백성들도 큰 걱정 없이 생업에 종사하고 있다지만…'

구구절절 이어지는 왕의 방문 후일담도 후일담이었지만 왕의 표정이 뜻밖에도 무겁고 엄숙하게까지 보여 신하들은 내심 그가 무슨 말을 할까하는 긴장감에 불안한 마음을 감출 수가 없었다.

‘이미 많은 세월이 흘렀다지만 우리의 왕도가 새로이 만들어졌을 때, 그때만큼은 어느 나라의 수도와 비교해 봐도 손색이 없을 정도로 훌륭했다. 그대들도 당시 짐이 말했던 것을 기억하고 있겠지?’

왕의 갑작스러운 하문에 신하들이 모두 어찌할 바를 몰라 서로 얼굴만 쳐다보고 있자, 한 신하가 득의에 찬 표정으로 대답했다.

‘예, 당시 폐하께서는 “이 땅은 버들여뀌 잎처럼 좁고 작지만 산천이 수려하여 십육나한(十六羅漢)이 사는 땅으로서는 충분하다”고 말씀하셨습니다. 그리고 “도읍지를 둘러싸고 있는 산세가 1에서 3을 만들고 또 3에서 다시 7을 만드는 현묘한 연봉(連峰)을 형성하고 있어, 이른바 칠성(七聖)이 사는 땅으로도 매우 적합하다”고도 하셨습니다. 그러나 저희들은 당시 그 말씀의 뜻을 정확히는 알지 못하였사옵니다.’

‘그도 그럴 것이다. 그런데 그때의 신념은 지금에도 변함이 없느니라. 특히 산봉우리가 언뜻 보기에는 거대한 하나의 봉우리처럼 보이지만 보는 방향에 따라서는 이것이 세 개나 일곱 개로 보일 때도 있어. 이는 정지(正智)를 가지고 수행하는 일곱 성자의 모습을 상징하듯 그야말로 그윽하고 고상한 형상이니라. 성지라 함은 바로 이런 곳을 두고 하는 말일 게야.’

설교와 같은 수로왕의 말에 신하들은 다만 고개를 숙이고 묵묵히 듣고만 있을 따름이었다. 왕은 다시 말을 이어나갔다.

‘그러나 아무리 훌륭한 보석이라 할지라도 갈고 닦지 않으면 영롱한 빛을 발하지 못하는 법이니라. 그래서 짐은 앞으로 이 나라의 왕도를 더욱 아름답게 꾸미고자 하니, 이를 위해 금후 제공들은 스스로 솔선해서 백성들을 교화하고 그들의 생활개선에 힘쓰도록 해야 할 것이니라. 또한 우리나라 인구가 매년 늘고 있는 추세이니 외곽지역을 더욱 넓혀 개발토록 하라.'

왕의 훈시는 여기에서 그치지 않고 마치 도도히 흐르는 물처럼 막힘없이 이어졌다.

'그리고 또 한 가지 개선되어야할 점이 있느니라. 서라벌에는 관등이 열일곱 개로 잘 정비되어 있어 관리들의 상하질서가 잘 잡혀 있었다. 우리나라에도 구간이라는 것이 있어, 이른바 백료(百僚)의 장으로 행세하고 있다지만 그 직위와 명칭이 모두 산뜻하지 못하고 촌스러워 귀인의 직함으로는 적당치 못하다. 만약 이것이 외국에 알려지기라도 한다면 틀림없이 비웃음을 살 것이다.'

왕은 이렇게 말하고 관제를 합리적으로 고치기 위해 그 담당을 누구에게 맡겼으면 좋을지를 신하들에게 물었다.

이 때 한 신하가 말했다.

'신의 소견으로는 아도간 신보(申輔)와 여도간 조광(趙匡)에게 이 일을 맡기시면 어떨까 하옵니다.'

'신보와 조광이라?'

신보와 조광은 허 왕후가 아유타국에서 시집올 때에 데리고 온 일종의 개인 심복으로, 그 성품이 바르고 곧아 왕후는 물론 왕 또한 이들을 매우 신임하고 있던 터였다.

‘그렇사옵니다. 그들은 보기 드문 탁월한 국제적 감각을 지니고 있으며 외국의 여러 제도에도 밝사옵니다. 그들이라면 폐하께서 바라시는 훌륭한 성과를 이뤄낼 수 있으리라 사료되옵니다.’

왕은 다시 다른 신하들에게 물었다.

‘경들의 생각은 어떠한가? 짐도 그들의 품성과 식견을 모르는 바는 아니나 경들도 잘 알다시피 그들은 원래 아유타국 사람이다. 과연 그들이 우리 가야의 실정에 맞게 제도를 잘 바꿀 수 있겠는가?’

사실 왕은 이미 마음속으로 신보와 조광에게 그 일을 맡기려고 마음먹고 있던 터였다. 그러나 한편으로는 차제에 이 두 사람이 가야국의 벼슬아치들 사이에서 어느 정도의 신망을 얻고 있는지 알아보고 싶은 마음이 생겼던 수로왕이 신하들에게 넌지시 이런 질문을 던져보았던 것이다.

이 때 한 신하가 말했다.

‘폐하께서 말씀하신 대로 두 사람은 본디 아유타국 사람으로 왕비마마의 신변을 돌봐드리는 신하였습니다. 그러나 이들은 우리 가야국에 온 지도 이미 오래되었을 뿐만 아니라, 원래의 타고난 재능에 가야국 관리로서의 행정적 경험 또한 많이 쌓았습니다. 또한 저희 관료들 사이에서도 이들의 근면성과 성실성은 이미 정평이 나있습니다. 틀림없이 폐하의 기대에 어긋남이 없을 것이라 사료되옵니다.’

회의가 있고 난 며칠 후 왕은 신보와 조광을 불렀다. 마침 허 왕후도

배석하게 되었다.

'짐이 이 나라의 제도를 고치고자 하는데 그대들이 여러 면에서 적격이라는 중신들의 의견이 모아졌느니라. 그대들은 앞으로 열과 성의를 다해 그 어느 나라 제도에도 뒤지지 않는 훌륭한 가야국의 제도를 만들도록 하라.'

그러나 그들의 반응은 천만뜻밖이었다.

'아뢰옵기 황공하오나 신들은 그러한 중책을 맡을 만한 능력이 없사옵니다. 원하옵건대 저희보다 훌륭한 사람을 물색하시어 그 일을 맡기심이 옳을 듯싶사옵니다.'

그 때 옆에서 이 말을 듣고 있던 허 왕후가 노기 띤 음성으로 두 사람을 심하게 꾸짖듯 말했다.

'그게 무슨 말이오? 중신들이 그대들을 추천하는 데에는 그만한 이유가 있었을 것이오. 또한 무엇보다도 폐하께서 숙고 끝에 내리신 분부에 분골쇄신(粉骨碎身) 그 어의를 받드는 것이 신하의 당연한 도리이거늘 무슨 망발을 그리 하는고? 더욱이 그대들은 이 가야국에 와서 오랫동안 폐하와 이 나라에 하해와 같은 은혜를 입었지 않소?

그 은혜에 보답하기 위해서라도 이번이 그 절호의 기회이거늘 어찌 그것을 알지 못하오? 하늘이 무너져 내릴 것 같은 내 실망을 그대들은 짐작이나 해보았소?'

평소에는 선녀처럼 우아하고 조용하기만 했던 왕후인지라 추상(秋霜)과도 같이 당당한 태도로 꾸짖는 모습을 보며 놀란 것은 바로 수로왕 자신이었다.

하물며 놀란 두 신하의 당황하는 모습은 말로 형용할 수 없을 지경이었다.

어전마루에 엎드린 두 신하의 이마에서는 이미 식은땀이 줄줄 흘렀으며, 온몸을 부들부들 떨며 어찌 할 바를 모르다 마침내 소리 내어 흐느껴 울기까지 했다. 그들은 다만 겸손한 마음에서 왕의 권유를 한번 사양해본 것이었으나 이렇게까지 왕후에게 노여움을 살 줄은 몰랐던 것이었다.

이윽고 그들은 눈물을 훔치며 왕 부처에게 아뢰었다.

'폐하 내외분의 하해와 같은 은혜를 망각하고 죽을 죄를 짓고 말았습니다. 부디 신들의 불충을 용서하시옵소서.'

그러자 수로왕은 부드러운 어투로 그들을 위로하듯 말을 이었다.

'그대들이 겸손한 마음에서 한 말이라는 것을 짐이나 왕후인들 어찌 모르겠는가. 자 이제 되었으니 마음을 가다듬고 곧 좋은 제도를 만드는데 심혈을 기울이도록 하라.'

그리하여 신보와 조광을 비롯한 사관(史官)들은 밤을 지새워가며 개선책 마련에 몰두하였고, 마침내 가야의 새로운 관제가 만들어졌다.

먼저 주(周)나라와 한(漢)나라의 규례(規例)와 제도 그리고 서라벌의 직제 등을 참고하여 종래의 아도(我刀)를 아궁(我躬)으로, 여도(汝刀)를 여해(汝諧)로, 피도(彼刀)를 피장(彼藏)으로, 오방(五方)을 오상(五常)으로 각각 고쳤으며, 유수(留水)와 유천(留天)의 명칭은 위는 그대로 두고 아래만을 고쳐서 유공(留功)과 유덕(留德)으로 하고, 신천(神天)은 신도(神道)로, 오천(五天)은 오능(五能)으로, 그리고 신귀(神鬼)는 음을 그대로 두고 그 훈을 취해 신귀(臣貴)로 개정했다.

또한 서라벌로부터는 각간(角干), 아질간(阿叱干), 급간(給干), 대사(大舍), 사지(舍知), 길차(吉次) 등의 직제를 새로이 도입했다.

그러나 신보와 조광 등은 중국이나 서라벌의 것을 참고해 관제를 고치면서도 가야국의 전통만큼은 그대로 유지하려고 노력했다. 즉, 종래 <구간>의 머리글자인 <아(我)·여(汝)·피(彼)·오(五)>만큼은 고치지 않고 그대로 살린 이유가 바로 이 때문이었다.

이는 가야국 전래의 독창적인 제도로, 이를테면 오늘날의 인칭대명사를 그대로 직책의 순위에 적용한 것이었다.

신보와 조광 등의 노력 덕분에 가야국은 새로운 제도로 나라를 재정비할 수 있었다. 더불어 왕은 백성들을 자식처럼 사랑했고 이러한 위엄 있는 왕의 행적으로 인해 자연스레 백성들 또한 왕을 어버이처럼 섬기며 따를 수밖에 없었다.

이국의 하늘아래

　이야기는 다시 수로왕이 아유타국에서 허 왕후를 맞이했을 때로 되돌아간다.

　수로왕이 왕위에 오른 지 얼마 지나지 않았을 무렵, 구간들은 가야의 규수들 가운데 아름답고 상냥한 처자를 골라 하루라도 빨리 왕후로 간택할 것을 왕에게 건의했다.

　그러나 왕은 신하들을 말리며 이렇게 말했다.

　'짐이 하늘에서 강림한 것은 천신의 명에 따른 것으로, 배우자의 간택 또한 천신의 명에 따라야 할 것이니 그대들은 너무 서두르지 말라.'

　그리하여 수로왕은 결국 천신의 계시를 통해 바다 저 멀리 아유타국에서 온 허황옥을 왕후로 맞이하게 되었다. 이렇게 해서 허 왕후는 신보와 조광을 비롯한 20여 명의 신하들과 함께 가야 땅을 밟게 되었다.

　신보와 조광은 본디 허황옥의 잉신(媵臣)이었다. <잉신>이란 신부의 신변 가까이에서 모든 심부름을 다하는 신하를 일컫는 말로, 이를테면 신부의 수족과도 같은 역할이었다.

　특히 신보와 조광 부처는 허황옥이 어릴 때부터 곁에서 시중을 들었기 때문에 누구보다도 황옥의 마음을 잘 알고 있었으며, 그녀 역시 이들을 육친처럼 믿고 의지했다.

왕후 일행은 가야국에 오면서 금수(錦繡)라 일컫는 아름다운 직물과 능라(綾羅)라 불리는 견직물을 비롯하여, 이들 직물로 만든 화려하고 찬란한 갖가지 의상들을 가지고 왔다. 이들 의상은 그때까지만 하더라도 가야 사람들에게는 아주 귀하고 생소한 것들일 수밖에 없었다.

그 뿐만이 아니었다. 그들은 또한 금과 은을 비롯하여 경구(瓊玖)라 하는 아름다운 구슬과 그 밖의 주옥(珠玉), 그리고 갖가지 생활에 필요한 여러 가지 기구와 기호품 등, 실로 헤아릴 수 없을 만큼 많은 보물들을 가지고 왔던 것이다.

게다가 이런 진귀한 물건들을 싣고 망망대해를 건너온 배는 가야국 사람들이 여태까지 한 번도 보거나 들은 적이 없었던 거선이었다.

이렇게 수많은 화제를 몰고 온 허 왕후의 입국이 계기가 되어 가야 사람들의 바다에 대한 관심은 점점 높아져 갔으며, 국가적으로도 조선이 크게 장려되었다.

당시 가야에서는 농기구나 무기 등을 비롯한 철제품이 대량으로 만들어지고 있었다. 그 무렵의 왜국 또한 농업이 많이 발전하여 각지에서는 관개시설이 만들어지고, 그에 동반하여 농기구나 무기제조가 성행하였다.

특히 배를 만드는 일에 대한 왜국 조정의 열의는 대단하여, 그 추세는 자연스레 가야국과 왜국 간 해상무역의 확대로 이어져갔다.

이와 같은 시기에 왜국에서는 숭신(崇神)이라는 강력한 군주가 등장했다. 아직 열도(列島) 내의 각지에서는 제법 강한 대항세력들 간의 세력다툼이 여전했지만, 이른바 기내(畿內, 지금의 奈良주변지역) 왕국으로 불리던 숭신의 지배 세력은 왜국 내의 중심세력으로 급부상하며 무서운 속도로 성장하고 있었던 것이다.

즉위한지 얼마 되지 않아 숭신은 가스가(春日, 奈良市동부)라는 곳에서 시키(磯城, 奈良県북서부)로 도읍지를 옮기고 그곳에 매우 화려한 궁전을 세웠다. 그리고는 어느 날 군신들을 모아놓고,

'거룩하신 우리 선조들이 대대로 이 땅을 다스리게 된 때에는 오직 일신의 영달만을 위한 것은 아니었다. 이는 무엇보다도 백성들을 편히 살게 하고 나라를 잘 다스리기 위함이었다. 오늘 마침내 그 거룩한 뜻은 이 땅 위에 널리 퍼지고 그 높은 은덕은 하늘 아래 가득 넘치게 되었다. 짐은 이제 조상들의 유덕을 잘 받들어 영원토록 이 땅에 뿌리 내리고자 한다. 모든 백관들은 이와 같은 짐의 뜻을 잘 헤아려 태평성대를 이루기 위해 전력을 다해주길 바란다.'

라고 말한 뒤, 이에 관한 조칙을 내렸다.

그는 또한 나라가 부강하기 위해서는 배를 많이 띄워 여러 지역과 교역을 해야 한다고 강조하며 자국 내에서 조선을 장려했다.

'배는 천하에서 가장 긴요한 것 중 하나이다. 지금 해변에 사는

백성들은 배가 없어 사람과 물건을 나르는데 큰 어려움을 겪고 있다. 그러니 전국에 영(令)을 내려 속히 선박을 만들도록 하라.'

이렇게 지시하는 한편, 그는 농업에도 지대한 관심을 보였다.

'농업은 천하의 대본이며 백성들의 생존에 필수적인 요소이다. 그럼에도 불구하고 특히 가와치(河內, 지금의 大阪府 중동부)와 사야마(狹山, 大阪府 사야마市)일대의 논에는 물이 없어 농사를 짓지 못하고 있는 실정이다. 어서 서둘러 저수지를 많이 만들어 다시는 물로 인한 폐해가 없도록 대비하라.'

뿐만 아니라 그는 백성들의 교화에도 힘써 장유의 질서를 확립하는 한편, 호구조사를 실시하여 공정한 조세를 부과하는 등 여러 가지 사회제도 정비에도 소홀함이 없었다.

그리하여 사회는 크게 안정되었으며, 여기다 수년간에 걸친 풍년으로 창고에는 백곡이 넘쳐나는 등 태평성대를 구가하게 되었다.

이 같은 시절에 왜국 내의 조선사업과 함께 무기류나 농기구 제조기술 향상에 크게 기여한 것이 바로 소나갈지(蘇那曷智)가 이끌던 가야국의 기술자 집단이었다.

왜국의 숭신왕은 농업의 진흥을 비롯해 철제 무기와 선박제조에 온 정성을 기울이기 위해서는 무엇보다도 가야국으로부터의 기술도입이 시급함을 깨달았다. 철자원이 풍부한 가야국은 이미 예전부터 질 좋은 철제 농기구와 무기를 대량으로 생산하고 있었으며, 허왕후가 온 이래 조선기술 또한 상당한 수준까지 발달해 있었기 때문이었다.

그래서 숭신은 가야의 2대 왕 거등(居登)에게 사신을 보내 친교를 맺음과 동시에 우수한 기술자를 파견해달라는 요청을 했고, 그 첫 테이프를 끊은 것이 바로 소나갈지였던 것이다.

소나갈지는 매우 다재다능한 사람으로, 배를 만드는 기술뿐만 아니라 건축에도 뛰어난 재주를 가지고 있었다고 한다.

소나갈지라고 하는 그의 이름은 본디 <소나갈>이라는 본명에 <길차>(吉次)라는 관명을 붙인 것인데, 이것을 왜인들이 쉽고 친숙하게 <소나갈지>라고 부른 것이다.

소나갈지가 몇 사람의 기술자들을 데리고 왜국에 도착했을 당시 그는 아직 30대의 젊은 나이였다. 당초 3년 정도를 예상하고 도항에 나섰던 소나갈지는, 그것이 5년이 되고 10년을 넘어 어느새 백발이 휘날리는 노경에 들어섰음에도 아직도 고국에 돌아가지 못하고 왜국에 머물고 있는 신세가 되어 버렸다.

어느 초가을 날 저녁 무렵, 소나갈지는 숙소 툇마루에 앉아 그다지 넓지 않은 정원의 나무들을 바라보며 쏜살같이 지나가 버린 40년 전의 회상에 잠겼다.

때는 계절적으로 아직 가을이라 할 수 없는 늦여름의 어느 날 오후였다. 뜰에 매달린 감나무 열매는 붉게 물들지 않았으나 돌담에 바짝 달라붙어있던 넓적한 만초(蔓草)덩굴 잎만큼은 때마침 새벽녘부터 내리던 비를 맞아 연한 분홍빛을 띠고 있었다.

40년 전의 그 여름 날, 왕의 부름을 받아 입궐했을 때 소나갈지의 눈에 비친 거등왕의 표정은 선왕의 상중임에도 불구하고 꽤나 밝아보였다.

'오늘 그대를 부른 것은, 그대의 기술을 절실히 필요로 하는 사람들이 있어서라네. 최근 왜국의 정세는 제법 조용하고 민생 또한 안정되어 있는 듯하네. 그런 그들이 친교를 맺고 싶다고 사절을 파견해 왔는데, 이야기를 들어보니 우수한 기술자를 보내주었으면 하고 요청하는 것이야. 그래서 짐은 그대를 적임자라 생각하고 불렀노라.'

'예, 우선은 고마우신 말씀이옵니다. 그러나 천학비재(淺學非才)인 제가 감히 대임을 완수할 수 있을지 모르겠사옵니다. 게다가 몇 달 전 선왕폐하의 수능묘(首陵廟) 조영이 끝났다고는 하오나 제가 할 일은 아직 많이 남아 있사옵니다.'

사실 소나갈지는 국내에서도 몸이 두 개여도 모자랄 정도로 매우 바쁜 나날을 보내고 있었다. 허 왕후가 타계한 후 수로왕은 구지봉 동북쪽 언덕에 능을 만들도록 하고 그녀를 추모하는 여러 가지 기념 사업 등을 펼쳤는데, 그 중추적 역할을 맡고 있던 것이 바로 소나갈지였던 것이다.

왕후가 아유타국에서 가야국으로 올 때 처음 입항한 해변을 기출변(旗出邊)이라 하고, 처음 상륙한 마을을 주포촌(主浦村)이라 하였다. 또한 궁중으로 오는 도중 자신이 입고 있던 비단치마를 벗어 천지신명에게 예물로 바치고 기도를 올린 곳을 능현(綾峴)이라 했는데, 수로 왕은 이들 연고지마다 왕후를 기리는 조영물을 짓도록 했던 것이다. 물론 이런 사업을 총괄하는 책임자가 소나갈지임은 두말할 나위가 없었다.

거등왕 역시 소나갈지가 맡고 있는 역할과 책임에 대해서 익히 잘 알고 있었다. 그러나 아무리 생각해봐도 왕은 왜국에 보내는 사신으로 소나갈지 이외의 다른 사람은 생각할 수도 없었던 것이다.

'그것은 짐도 잘 알고 있노라. 그러나 그대야말로 학문이 깊고 기술 또한 능해 누구보다도 왜국이 요구하는 적임자라 할 수 있어. 그대라면 충분히 그 역할을 다할 수 있을 게야.'

소나갈지는 이와 같은 거등왕의 간절한 요청을 더 이상 거역할 수가 없었다. 그래서 결국 그는 왜국 땅을 밟게 된 것이었다.

왜국으로 건너온 후, 그는 주로 배 만드는 일을 비롯하여 여러 가지 건축물을 짓는 일에도 참여하여 자신의 역량을 다해가며 헌신적으로 노력했다. 또한 단바(丹波, 지금의 京都와 兵庫縣일부)·하리마(播磨, 지금의 兵庫縣서남부)·미노(美濃, 지금의 岐阜縣남부)지역을 중심으로 한 농업용 관개시설을 만드는 데에도 많은 노력을 기울였다.

이 같은 많은 업적을 남기는 동안 소나갈지가 왜국에서 겪었던 고생은 이만저만한 것이 아니었다. 하지만 소나갈지와 같은 가야 기술자를 극진히 대우했던 숭신왕의 세심한 배려가 있어 그는 고난의 세월을 그럭저럭 이겨낼 수가 있었다.

그런데 그와 같이 후원을 아끼지 않던 숭신왕이 바로 지난달에 타계해 버린 것이었다.

숭신왕은 ≪농사는 천하의 대본이다≫라는 조칙까지 내리고 때로는 궁궐을 나와 행재소에까지 기거하며 직접 여러 곳의 저수지 건설지를 돌아보고 독려하는 열성을 보여 왔는데, 그것이 화근이 되어 궁으로 환궁한 지 얼마 지나지 않아 불귀의 몸이 되고 만 것이다.

그 일이 있은 후, 소나갈지는 고국의 거등왕이 중병에 걸려 신음하고 있는 악몽에 시달렸다. 잠에서 깬 그는 더욱더 고국이 그리워지고 <지금쯤 혹시 대왕께서 돌아가셨을지도 모른다>라는 생각에 안절부절못할 뿐이었다.

그래서 다음 날 동이 트자마자 궁에 들어간 소나갈지는 새로이 등극한 수인 (垂仁)왕에게 귀국을 허락해줄 것을 적극 탄원했다.

수인왕 또한 소나갈지의 그동안의 노고를 모를 리가 없었다.

'그대는 선왕 때에 와서 오늘에 이르기까지 실로 오랜 기간에 걸쳐 정말 수고가 많았소. 내 더 이상 그대를 붙들고 있을 수만은 없을 것이오. 부디 무사히 돌아가서 귀국의 왕에게도 짐이 보내는 감사의 뜻을 전해주기 바라오.'

왕은 이렇게 말하며 붉은 비단 백 필을 내리고 후하게 전별하며 소나갈지의 노고를 치하했다.

한편 김사등 (金斯等)이라는 인물은 소나갈지보다 20년 뒤에, 역시 거등왕의 명에 의해 왜국에 파견된 인물이었다.

그는 거등왕의 이복동생으로 무예에 뛰어났을 뿐만 아니라 무기제조를 관장하고 있었기 때문에, 그 과정에서 야금(冶金)기술까지 익힌 사람이었다. 게다가 그는 모험심이 많아 무슨 일에나 적극적이고 활달한 성격의 소유자였다.

그런데 어찌된 일인지 그는 가야를 출발해 왜국 땅을 밟은 이래, 왜국의 왕을 알현하기까지 무려 3년이라는 긴 세월이 걸렸다.

어느 날 수인왕은 <이마에 뿔 달린 이상한 사람이 배를 타고 와서 쓰루가(敦賀, 지금의 福井県중부)에 살고 있다>는 소문을 듣게 되었다.

왕은 곧 신하에게 명을 내려 그 이방인을 데려오게 하였다. 그러나 실제로 눈앞에 나타난 사람은 <뿔 달린 이상한 사람>은커녕 이목이 수려하고 늠름한 청년이었다.

'그대는 어느 나라에서 왔는고?'

왕은 청년의 머리에서 발끝까지 죽 훑어보며 물었다.

'예, 저는 가야국의 왕자로 "쓰누가 아라시토"라 합니다.'

'쓰누가…, 좀 귀에 익지 않은 이름인데…'

'예, 그도 그럴 것입니다. 실은 저의 본명은 김사등(金斯等)이라 합니다. 가야에서는 <각간> (角干)이라는 벼슬을 가지고 있었습니다.

제가 왜국에 처음 왔을 때 길에서 만나는 사람마다 제 이름을 묻기에 일일이 대답하기도 그렇고 해서 <角干金斯等>이라 글로 써서 보였는데, 이것을 잘못 받아들인 왜국사람들이 자기들 식으로 <쓰노

가 아루히토(뿔이 있는 사람)>라 읽더니, 어느새 <쓰누가 아라시토>로 바뀌게 되었고 결국 이것이 제 본명처럼 되어 버렸습니다. 하여간 오는 도중에 길을 잘못 들어 많은 시간을 지체하였고, 결국 이렇게 폐하를 배알하기까지 오랜 시간이 걸리게 되었습니다.'

그는 왕의 물음에 막힘없이 척척 답했다. 그래서 왕은 내심 <이 청년은 보통 사람이 아니로군. 만만치 않은 젊은이야>라고 생각하며 질문을 계속했다.

'도중에 어디에 있었기에 그렇게 많은 시간이 걸렸는고?'

'예, 당초에는 쓰루가에 상륙하여 여러 곳을 다니면서 많은 사람들을 만났는데, 그들 가운데 스스로 왕을 사칭하는 사람들이 몇몇 있었습니다. 그래서 제 나름대로 옥석을 가리기가 쉽질 않았습니다.'

수인왕은 <왕을 사칭하는 사람이 있었다>는 어이없고 황당한 김사 등의 말에 몹시 불쾌해졌다. 온화했던 수인왕의 표정이 갑자기 바뀌더니 노발대발하며 묻는 것이었다.

'도대체 어느 누가 감히 짐을 사칭하고 있었다는 게냐?'

'예, 한번은 아나토 (穴門, 지금의 山口県 서북부) 라는 곳에 갔었는데, 거기에서 저는 이쓰쓰비코 (伊都都比古) 라는 사람을 만났습니다. 그런데 그는 스스로 자기가 이 나라의 왕이라 칭했을 뿐만 아니라 "이 나라에는 나 외에 다른 왕은 없다" 라고까지 말하고 있었습니다.'

'뭐라고? 이쓰쓰비코라고? 그리고 자기가 이 나라의 유일한 왕이라고? 이건 또 무슨 당치도 않은 말인가? 그래, 그래서 어찌 되었느냐?'

‘예, 저는 한눈에 그 사람의 됨됨이가 대왕의 그릇이 아님을 간파했습니다. 그래서 저는 그에게 몸을 위탁하는 것이 현명치 않다고 생각해 그와 헤어지고, 해안을 따라 동진해서 이즈모(出雲, 지금의 島根縣 동부)를 거쳐 결국 여기까지 오게 된 것입니다. 오는 도중에 저는 지방의 여러 장인들을 만나 농기구와 좋은 칼을 만드는 방법을 가르쳐주곤 했습니다. 그런 와중에 선왕께서 승하하셨다는 말을 들었습니다.’

왕은 김사등의 이야기를 들으며 점차 냉정함을 되찾고 그에게 호감을 느끼게 되었다. 그리고는 다시금 다정한 눈빛을 띄우며 물었다.

‘지금 좋은 칼을 만드는 방법을 가르쳐 주었다고 했는가?’

‘예, 저는 고국에 있을 때 무기제조를 관장하고 있었습니다. 저는 원래 기술자 출신은 아니오나 장인들과 오랫동안 어울리다보니 결국 농기구나 무기제조에 관해서도 제 나름대로의 비법을 터득하게 되었습니다.’

김사등의 이야기를 듣고 있던 왕은 잠시 무언가에 홀린 듯 묵묵히 그의 표정을 바라보더니 이윽고 다시 부드러운 목소리로 그를 향해 묻기 시작했다.

‘그대는 언제쯤 그대의 나라로 돌아갈 예정인고?’

‘예, 실은 저는 원래 3년을 예상하고 왔습니다만, 지금까지 그 3년 세월을 허송해버렸습니다. 그래서 앞으로 3, 4년쯤 더 있을까 하옵니다.’

왕은 한층 더 부드러운 목소리로 김사등을 위로하듯 말했다.

'그대가 길을 잃지 않고 좀 더 빨리 이곳에 왔더라면 선왕을 뵐 수도 있었을 터인데 정말 유감스럽구나. 그러나 이것도 뭔가 인연이 있어서였겠지. 만약 그대가 이곳에서 원하는 것이 있다면 사양치 말고 어디 말해 보거라. 그대가 원하는 것이라면 내 무엇이든 들어주겠노라.'

'저는 개인적인 용무가 있어 이곳에 온 것이 아닙니다. 저희 대왕폐하의 분부를 받잡고 이곳에 왔습니다. 그러나 아직 그 임무를 다하지 못하고 있으니 폐하께서 제가 해야 할 일을 하명해주신다면 성심성의껏 최선을 다해 노력할 것입니다.'

왕은 김사등의 의중을 헤아리고는 그의 건실한 생각에 대하여 가상하다고 치하한 후, 그로 하여금 가와치(河內)로 갈 것을 권했다.

당시 가와치에는 이소니시키(五十瓊敷)라는 사람이 있었는데, 그는 그곳에서 수십 년 동안 살며 많은 저수지를 만들어 농업 진흥에 크게 기여하고 있었다. 그의 헌신적인 노력에 백성들의 생활은 크게 향상되어 그곳 사람들은 매우 흡족한 나날을 보내고 있었다.

그런데 이소니시키가 가와치로 가게 된 데에는 어떤 사연이 있었다. 실은 그는 수인왕의 큰아들이었던 것이다.

당시로부터 20여 년 전, 수인왕은 큰아들 이소니시키와 작은아들 오타라시히코(大足彦)를 어전에 불러들였다.

왕은 이미 장성한 두 아들 중 하나를 태자로 봉해두어 장차 왕위쟁

탈로 인해 일어날지도 모르는 후환에 대비코자 하였던 것이다. 그래서 왕은 두 사람의 자질과 능력을 미리 알아보고 싶었다.

'너희들이 이렇게 훌륭히 자라주어 나는 매우 기쁘다. 그래서 내 오늘은 너희들에게 무언가 선물을 하고자한다. 지금 갖고 싶은 것이 있다면 무엇이든 사양치 말고 어디 말해 보거라.'

이 때 큰아들이 먼저 입을 열었다.

'예, 저는 아주 멋있고 강력한 활을 갖고 싶습니다.'

그는 매우 자랑스러운 듯이 의기양양하게 말했다. <나는 힘도 세고 뛰어난 무용(武勇)의 재주를 갖고 있다>라는 것을 내세우고 싶었던 것이었다.

왕은 이어서 작은아들에게 물었다.

'너는 무엇을 갖고 싶으냐?'

'저는 아버님 다음을 잇는 왕위를 얻고 싶습니다.'

놀란 것은 부왕뿐만이 아니었다. 누구보다도 형인 이소니시키는 원망스러운 표정을 노골적으로 드러내며 동생의 얼굴을 쏘아볼 수밖에 없었다. <왕위>, 그것만큼은 의당 장자인 자신이 이어가는 것이라 생각하여 조금도 의심을 품어본 적이 없던 그였기에 동생의 당돌한 발언에 화가 치미는 것은 너무나도 당연한 일이었다.

이러한 형의 태도에도 아랑곳없다는 듯 동생은 마냥 태연한 표정으로 자리에 앉아 있었다.

잠시 후 왕은 두 사람 얼굴을 두루 살피며 말을 이었다.

'지금 너희들이 말한 것은 틀림없이 본심이겠지?'

두 사람은 아무도 얼른 대답하지 않았다. 동생 쪽은 곧 대답하고 싶었으나 형이 어떻게 나올지 기다리고 있는 듯하였다.

잠시 무거운 침묵이 흘렀다. 그 침묵을 먼저 깬 것은 형 쪽이었다. 형이 뚜렷한 말투로 '예'라고 짧게 말하자, 곧 이어서 동생도 '예'라고 대답했다.

왕은 일단 고개를 가볍게 끄덕이더니 다시 큰아들에게 물었다.

'이소니시키, 너는 달리 하고 싶은 말이 없느냐?'

부왕의 갑작스러운 질문에 잠시 뭔가를 생각하며 머뭇거리고 있던 그는 이윽고 또렷한 목소리로 대답했다.

'한 가지 말씀드리고자 합니다. 저는 지금 제가 어릴 때 아버님께서 하신 말씀을 생각하고 있었습니다. 언젠가 아버님께선 인간의 열손가락이 길고 짧은 것은 각기 그 용도가 다르기 때문이라고 말씀하셨었습니다. 제가 생각하기론 인간도 마찬가지여서, 한 부모님에게서 태어난 형제라 할지라도 그 성격과 소질이 각자 다를 것입니다. 저는 어릴 때부터 무예를 좋아했고 또 물건 만들기를 좋아했습니다. 이에 비해 동생은 열심히 학문을 익혔고 성격도 온후합니다. 동생은 틀림없이 아버님 뒤를 이어 훌륭한 군주가 될 것입니다.'

왕은 매우 만족스러운 듯이 회심의 미소를 지으며 말했다.

'짐은 너희들과 같은 현명한 왕자들을 두고 있어 더할 나위 없이 마음이 든든하다. 실은 짐도 형인 도요기(豊城)를 제치고 왕위에 올랐다. 당시 선왕께서는 우리 두 형제의 꿈을 점쳐서 후사를 결정하셨는데, 너희들의 백부는 비록 왕위에는 오르지 못했지만 지금까지 짐을 도와 나라 발전에 크게 기여하고 계신다. 너희들도 이와 같이 서로를 위로하고 격려하며 앞으로도 사이좋게 지내도록 하라.'

왕의 이야기를 듣고 형제는 모두 표정이 한결 밝아졌다. 그리고 누가 먼저라 할 것도 없이 한입으로 왕에게 물었다.

'백부님과 아버님은 어떤 꿈을 꾸셨는지요? 말씀해 주세요.'

그들은 마치 어릴 때로 돌아간 것처럼 천진난만한 표정을 지으며 왕에게 졸라댔다. 왕 또한 매우 흡족한 표정을 지으며 여느 사가의 아버지처럼 어릴 적 꿈 이야기를 하기 시작했다.

'형은 산에 올라 동쪽을 향해 칼과 창을 각각 여덟 번씩 휘둘렀다 하고, 나도 역시 산에 올라 새끼줄을 사방으로 치며 좁쌀을 쪼아 먹고 있던 새들을 좇는 꿈을 꾸었지.'

'그것은 어떤 의미입니까?'

왕자들은 또한 할아버지인 숭신왕이 어떤 해몽을 했는지 궁금했던 모양이었다.

'형은 동쪽을 향하고 있었으니 동방을 다스리는 것이 옳고, 나는 사방으로 관심을 가지고 있었으니 열도의 중심국가인 이 나라를 다스리는 것이 옳다고 생각하신 것 같아.'

이렇게 이야기를 주고받으며 왕과 두 왕자는 모처럼 부자들 간에 화기에 넘친 한 때를 보낼 수가 있었다.

그리하여 이소니시키는 가와치로 내려가 자신의 능력을 마음껏 발휘하며 많은 훌륭한 일들을 해냈다.

그러던 중, 조정에서는 이소니시키에게 성능이 좋은 무기를 만들어 줄 것을 요청했다. 그러나 그는 무기 생산과정 중에서도 칼의 경도(硬度)를 조절하는 데 번번이 실패하는 난관에 봉착해 있었다.

이소니시키는 원래 다재다능한 사람이었기 때문에 당시의 여느 농기구나 무구(武具) 제조에는 그다지 큰 문제가 없었으나, 그런 그도 이처럼 강도가 센 명검을 제조하기 위해서는 좀 더 연구가 필요한 상태였다.

그는 수인왕의 명을 받고 김사등이 그곳에 나타나자 매우 기뻐하며 그를 진심으로 환영해 마지않았다.

'먼 길 오시느라 고생 많았소. 당신의 성함은 이미 풍문을 통해 듣고 있었습니다. 그래서 언젠간 한번 만나 뵙고 싶었는데 이렇게 제가 어려울 때 만날 줄이야 누가 알았겠습니까? 암튼 고맙고 기쁘기 한량없습니다.'

'저야말로 명성은 이미 수년 전부터 접하고 있었습니다. 대단히 중요한 일을 하고 계신다고 들었습니다만, 이제부터는 저도 힘닿는 데까지 열심히 도와드리겠습니다.'

이 두 사람은 연령 차이가 꽤 있었지만 둘다 왕자의 신분이라는 점에서 보다 친근감을 느끼는 듯했다.

그런데 이소니시키에게는 나카쓰히메(中姬)라는 매우 상냥하고 아름다우며 무엇보다도 손재주가 좋은 딸이 하나 있었다. 이소니시키는 손재주가 뛰어난 그녀를 장차 자신의 뒤를 이을 장인(匠人)으로 키우고 싶다는 생각에 작업장에 데려와 매우 엄하게 가르치고 있었다. 나카쓰히메 역시 이방인 젊은이인 김사등의 뛰어난 용모와 늠름한 체구, 그리고 철을 능숙하게 다루는 솜씨에 쉽사리 호감을 갖게 되었다.

그리하여 이들 세 사람은 함께 작업을 하며 서로의 의견을 개진하고 협력하여 질 좋은 무기제조를 위해 온 정력을 기울였다.

마침내 이소니시키는 명검 천 자루를 만들어 조정에 헌상할 수 있었고, 이들이 만든 칼은 그야말로 신검(神劍)이라는 말에 걸맞게 월등히 훌륭해서 온 나라에 그 이름이 널리 알려지게 되었다.

그러나 이소니시키도 세월의 흐름은 어쩔 수 없어 노년에 이르러 병이 들자 이제는 현장에서 일하기 어려워졌다.

어느 날 간단한 술상을 차리게 한 이소니시키는 김사등과 무릎을 맞대고 앉았다. 그의 딸 나카쓰히메도 그들 곁에 앉아 있었다.

'김사등님, 세월의 흐름은 정말 빠른 것 같군요. 당신이 여기에 오신 지 벌써 4년이라는 세월이 꿈같이 지나가버렸습니다. 그 동안 도와주신데 대해 진심으로 감사드립니다.'

이소니시키는 양손을 방바닥에 모으며 정중하게 고개를 숙였다.

'아니 별말씀을, 저는 당연히 제가 해야 할 임무를 다한 것뿐입니다. 조금이라도 도움이 되었다면 그것이야말로 저한테도 고마운 일

이지요.'

'그런데 김사등님, 고국에 돌아가신다는 생각에는 변함이…'

이소니시키는 더 이상 말을 잇지 못했다. 그러나 김사등은 그가 하고자 하는 말을 충분히 짐작하고도 남았다. 왜냐하면 그 자신 역시 요 몇 년 동안 귀국해야 되나 말아야 되나를 놓고 거듭 고민에 빠진 적이 있었기 때문이다. 거기에는 날로 더해가는 나카쓰히메에 대한 야릇한 연정도 작용하고 있었다. 그는 자신을 바라보는 그녀의 뜨거운 시선과 그 가련한 눈동자 속에 스며있는 순정에 마음이 끌리고 있었던 것이다.

그러나 고국과 부모형제에 대한 그의 애정 또한 이 못지않게 컸다.

'정말 가슴 아픈 일이긴 합니다만, 예정대로…'

김사등 역시 끝내 말을 이을 수가 없었다. 실은 말을 끝마치려 했으나 그의 귀향 소식에 옷소매로 눈가를 훔치고 쓰러질듯 비틀거리다 간신히 일어나는 나카쓰히메를 보자 더 이상 말을 이을 수가 없었던 것이었다.

방을 뛰쳐나가는 그녀의 뒷모습은 마치 인생을 포기라도 한 듯 애처롭기 이를 데가 없었다.

그리하여 김사등은 결국 나카쓰히메의 눈물을 뒤로한 채 왜국에 온 지 8년 만에 꿈에도 그리던 가야로 되돌아오게 되었다.

한편 이소니시키의 가업물림은 그의 딸 나카쓰히메로 예정되어 있었지만 그녀는 아버지의 뜻에 따르지 않았다.

‘나약한 여자의 몸으로 이런 대업을 이어갈 수는 없습니다. 신검을 보관하는 신고(神庫) 사다리는 저에겐 너무 높습니다.’

그녀의 구실은 터무니없는 것이었으나, 그녀가 사랑하는 이국청년 김사등을 떠나보내야만 했던 현실에 모든 것을 포기하고 싶었는지도 모를 일이다.

그리하여 이소니시키의 가업은 그의 밑에서 오랫동안 기술을 닦았던 제자 도치네(十千根)에게 물려주게 되었다.

한편 수인왕은 김사등의 귀국에 대해서도 매우 아쉬워하며 붉은 비단 50필을 내려 그의 노고를 치하했다고 한다.

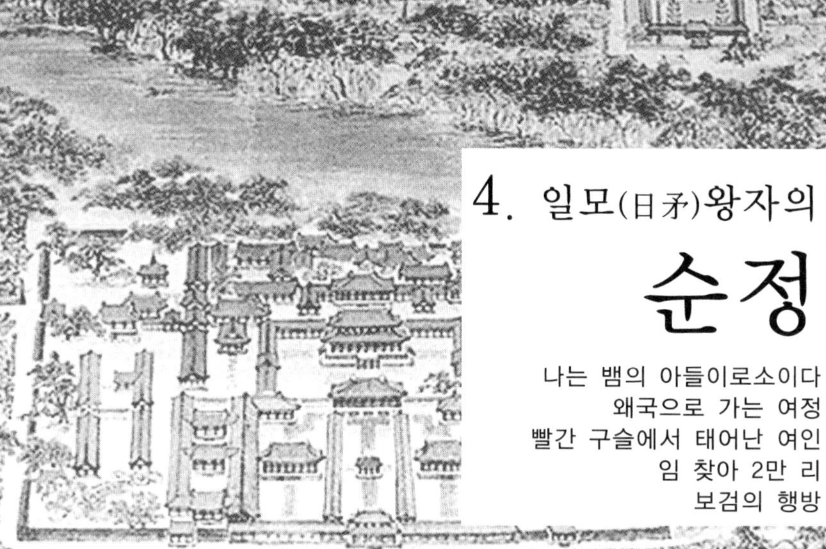

나는 뱀의 아들이로소이다

한편 수인왕은 나라에 큰 일을 앞두고 있을 때마다 오타타네코(大田田根子)로 하여금 그 일의 실행 여부를 점치게 했다. 그것은 이미 선대인 숭신왕 때부터 내려오던 관행이었다.

숭신왕은 매우 어진 임금으로 덕으로써 나라를 다스리려고 노력했으나 그의 노력에도 한계가 있었다.

숭신왕이 왕위에 오른 지 5년째 되던 해, 왜국에는 역병이 번져 시체가 거리에 넘쳐나고 있었다. 뿐만 아니라 역병을 피해 다니다 먹고 살 길이 사라진 백성들이 폭도로 돌변하기도 했다. 이러한 현상은 전국적인 규모로 확산되어 갔다.

왕은 마침내 이러한 모든 일이 자신이 부덕하기 때문에 천신이 자신에게 내린 벌로 생각되었다. 그래서 그는 어떻게 하면 신의 뜻을 잘 받들어 나라가 평안해질 수 있을지 밤낮으로 신에게 기도를 올리며 신의 계시를 청하고 있었다.

그러던 어느 날 밤 그의 꿈속에 스스로 오모노누시(大物主)라 자칭하는 신이 나타나 <내 아들 오타타네코를 제주(祭主)로 삼아 신에게 제사를 올리면 곧 모든 재화는 없어질 것이며, 해외의 여러 나라와도 친교를 맺고 나라가 더욱 부강해질 것이다>라고 하는 것이었다.

왕은 즉시 전국에 포고령을 내려 오타타네코라는 사람을 찾았다. 그러자 이즈미(和泉, 지금의 大阪府 남쪽)의 스에무라(陶邑)라는 마을에 아버지가 오모노누시이고 어머니가 이쿠타마요리히메(活玉衣姬)라 자칭하는 자가 있다는 것을 알게 되었다.

왕은 스스로 측근을 대동하고 현지에 나가 이를 확인하였으나, 과연 그자가 신에게 제사지내는 신사(神事)를 담당할 만한 능력이 있는지 판단을 내릴 수가 없었다. 그러자 이를 곁에서 지켜보던 한 신하가, '폐하, 이 자에게 자신의 출생비밀에 대해 얘기해보라고 하십시오' 라고 귀띔하는 것이었다. 그래서 왕은,

'그대의 출생과 관련된 이야기가 있다던데 들려줄 수 있겠는가?'
라고 물었다.

이에 대해 오타타네코는 아무런 거리낌 없이 담담하게 말을 이어나
가는 것이었다.

'제 아버지인 오모노누시와 어머니인 이쿠타마요리히메는 그 모습
이 매우 수려하셨다고 합니다. 아버지는 어머니를 좋아하셔서 늘 밤
마다 어머니 집에 오셔서 묵고 갔는데 결국 아이가 생겼답니다. 어머
니는 그때까지 아버지의 신분이나 이름까지 무엇 하나 알지 못했다고
합니다. 아이가 생긴 걸 아신 어머님의 양친께선 어머니를 크게 꾸중
하시고, 그 남자의 신분을 확인토록 엄명을 내리시며 그 방법까지
일러주셨답니다. 그래서 어머니는 양친께서 일러 주신대로 방바닥에
황토를 뿌리고…'

오타타네코가 여기까지 말했을 때, 이를 가만히 듣고 있던 왕은
매우 흥미를 보이며 다시 물었다.

'황토라고? 황토를 뿌린다는 것은 무슨 뜻인가?'

'예, 그것은 악령사귀(惡靈邪鬼)를 내쫓기 위한 주술적 행위라고
합니다. 저는 어머니로부터 악귀는 붉은 색을 싫어한다는 말을 들은
적이 있습니다.'

오타타네코의 이야기는 계속 이어졌다.

'어머니는 양친께서 가르쳐주신 대로 아주 질긴 삼실(麻絲)을 실감
개에 몇 겹이나 감아 방안에 두고, 실을 꿴 바늘은 밤에 다시 찾아온

남자의 옷자락에 꽂아두었다고 합니다. 이렇게 해둔 뒤, 날이 새 눈을 떠보니 바늘이 꽂혀있던 삼실 부분은 이미 방문 열쇠구멍 밖으로 빠져나가 있었고, 실감개에는 실이 세 토리밖에 남아있지 않았다고 합니다. 어머니가 하염없이 그 실을 따라갔더니 미와야마(美和山)의 어떤 신사에 닿았다 합니다.'

오타타네코는 여기까지 말하고 잠시 한숨을 돌린 뒤 다시 말을 이어나갔다.

'어머니는 신사에 도착하고 나서 주위를 살펴보았으나 그 어디에도 아버지의 모습은 보이지 않았답니다. 그래서 본전의 문을 살짝 열어보았는데, 거기에는 사람의 모습은 온데간데없고 자그마한 뱀 한 마리가 세 겹으로 몸을 서리고 있었다고 합니다.'

그는 여기까지 아뢰고 깊은 한숨을 내쉬었다. 그 때 왕의 측근인 한 신하가 그에게 물었다.

'그때부터 그 산을 <미와야마>(三輪山)라 표기하게 된 것이로군.'

'그렇습니다. 하여간 이 일로 해서 세상 사람들은 저를 신의 아들이라 말하고 있습니다.'

그의 이야기를 들으며 오타타네코가 보통사람이 아니라는 것을 알게 된 왕은 오타타네코를 제주로 삼아 대대적으로 제사를 올리게 했다. 그리고 꿈 속 신의 예언처럼 제사를 올린 뒤부터 역병이 가라앉고 오곡은 풍작을 이루어 백성들은 기쁨에 넘치게 되었다.

이 일이 있은 직후 오타타네코에게는 궁중의 제사를 관장하는 직책이 주어졌고, 그는 숭신왕을 거쳐 지금의 수인왕에 이르기까지 자신의 임무를 다하고 있는 것이었다.

그러던 어느 날 수인왕은 오타타네코를 불렀다.

'일찍이 선왕께서는 이름난 장수들을 동서남북으로 각각 보내시어 사방의 만족(蠻族)들을 모두 평정하셨기에 열도 안에는 이제 짐의 위광(威光)이 미치지 않은 곳이 없게 되었다. 이제 바다 건너 가야국과도 많은 사신들이 왕래하고 있다. 허나 유감스럽게도 아직까지 서라벌국과는 정식국교를 맺지 못하였다. 지금이야말로 서라벌국과 친교를 맺을 때가 되었다고 생각하는데 그대의 생각은 어떠한가?'

오타타네코는 이미 왕의 의중을 읽고 있었다는 듯이 막힘없이 자신의 의견을 개진했다.

'지당하신 말씀입니다. 이미 서라벌은 건국 당시부터 왜국 내의 여러 나라들과 교섭을 하고 있었습니다. 그에 반해 또 어떤 나라는 몇 번이나 무력으로 서라벌을 침공한 적도 있다하옵니다.

하지만 대왕께서 말씀하시는 바와 같이 우리나라는 이제 열도 내의 중심국가로서 그 위업을 당당히 이루었기 때문에 이웃나라인 서라벌과 친교를 맺는 것은 너무나도 당연한 일입니다.'

그러나 여기까지 말한 오타타네코는 다시 무엇인가를 말할까 말까 망설이는 눈치였다. 이것을 알아차린 왕이 물었다.

'어째서 그런가? 뭔가 하고 싶은 말이 있으면 사양치 말고 말해

보게나.’

오타타네코는 왕의 말에 한참동안 머뭇거리다가 마침내 무슨 결심이라도 한 듯,

‘이것은 저의 출신에 관한 것입니다만…’

라고 전제하며 말을 이었다.

‘저는 이미 선왕폐하께 저의 어머니에 대해서 말씀드린 적이 있습니다.’

‘그래, 그것은 짐도 이미 예전에 들어 알고 있느니라. 그대의 어머니가 뱀과 교합해서 그대를 낳았다는…, 그래서?’

‘예, 그러나 제가 지금 말씀드리려는 것은 그 이야기가 아닙니다. 실은 제 외할아버지께서는 스에쓰미미(陶津耳)라는 분으로, 그 분은 서라벌에서 오신 토기를 굽는 장인이었습니다.

가와치에는 도자기를 굽는 여러 마을이 있는데, 그곳에는 저희 외할아버지처럼 서라벌에서 온 여러 명의 장인들이 있습니다.’

왕은 이 말을 듣고 고개를 끄덕이며 말을 이었다.

‘그도 그럴 것이다. 각기 목적은 다를지 모르지만 모험심이 왕성한 사람들의 왕래는 여태까지 많이 있었을 게야. 이제부터는 국가적 입장에서 공식적으로 서라벌과 친교를 실현시켜나가야 할 것이다.’

이리하여 신라의 제6대 기마왕(祇摩王) 12년에 5명의 왜국 수교사절이 처음으로 서라벌 왕도를 찾게 되었다.

왜국으로 가는 여정

기마왕은 처음으로 서라벌 땅을 밟은 왜국 사절을 정중히 맞이하고 크게 환대했다.

그러나 서라벌의 국내사정은 그리 안정돼 있지 못한 상황이었다.

당시 서라벌은 기마왕이 즉위한지 불과 몇 년이 되지 않아 어수선했던 시기로, 이와 같은 불안정한 정세를 틈타 주변국의 외침이 자주 일어나고 있었다.

가야는 주로 서라벌의 남해안 일대를 침범하였고 그때마다 기마왕은 스스로 군사를 이끌고 낙동강을 건너 적을 막아야만 했다.

또한 북쪽에서는 대거 국경을 침입한 말갈족이 관민을 죽이고 약탈을 일삼는 등 그 잔악무도함이 이만저만이 아니었다. 그들은 내륙 깊이까지 쳐들어와 니하(泥河, 지금의 강릉)를 넘어 대관령까지 군사를 진입시킬 때도 있었다.

그리고 서쪽에서는 백제가 쳐들어와 서라벌의 성 두 개를 격파하고 천여 명에 이르는 백성들을 포로로 잡아가는 등, 주변 여러 나라와의 공방이 끊이질 않고 있었다.

설상가상으로 왜국 사절이 입국하기 전년도 4월에는 동남쪽으로부터 큰 태풍이 일어 거목이 뿌리 채 뽑히고 궁궐기와가 날아가는 등

기상이변까지 일어났다. 그래서 왕도에서는 이를 두고 곧 왜병이 대거 내습해올 징조라는 유언비어까지 나돌아 주민들이 내심 불안에 떨고 있었던 것이다.

이와 같은 불안정한 시기에 왜국으로부터 친교사절단이 들어온 것이었다. 왜국 사절의 서라벌 방문은 백성들의 불안한 심정을 진정시키는데 매우 효과적이었다.

물론 그때까지 왜국과의 사이에 왕래가 전혀 없었던 것은 아니었다. 하지만 주로 왜국 내의 정치적 쟁란의 소용돌이 속에서 개인이나 집단이 망명해오거나 혹은 북구주(北九州)지역 연안제국들이 침공해오는 것이 대부분이었다.

아무튼 왜국 사절단이 친교를 목적으로 서라벌에 정식 입국한 것은 처음 있었던 일로, 그들은 도읍지를 비롯해서 각지를 시찰하며 약 3개월 동안 머물렀다.

왜국 사절단이 돌아간 다음 해 2월, 왕은 예년처럼 시조묘(始祖廟)를 참배하게 되었다. 그런데 그 때 언제나 왕과 함께 자리를 같이하던 동생 일모(日矛)의 모습은 보이질 않는 것이었다.

그는 왜국사절단이 와 있을 때부터 줄곧 그들과 흉허물 없이 지내며 친교를 쌓고 있었다. 일모는 특히 천문지리에 밝고 무예에도 뛰어나 왜국사절들 또한 그에게 깊은 관심을 보이고 있었다.

이에 호응이라도 하듯, 그는 사절들과 가깝게 지내며 한편으로는 왜국의 지리와 풍속 등에 대해서도 깊은 관심을 보여 제법 풍부한 지식을 쌓게 되었다.

왜국 사신들이 그에게 큰 관심을 갖게 된 또 하나의 이유는, 당시 서라벌에 기마왕의 이복동생인 일모의 출생과 관련된 이상한 소문이 나돌았기 때문이었다.

그 소문이란 일모가 서라벌의 시조 혁거세대왕의 분신이며 하늘로부터 의여산(意呂山)에 강림한 매우 거룩한 분이라는 것이었다.

궁녀인 소희를 통제하지 못해 천계에 데려온 일로 천제의 노여움을 받은 혁거세는 그의 혼이 천계에 머물러있어야만 하는 벌을 받았다. 그러나 혁거세는 오랜 기간 천계에서 맡은 바 책무를 성실히 수행하여 천제의 노여움을 풀었고, 다시 서라벌 땅을 밟고자 자신의 분신을 하강시켰는데 그 분신이 바로 일모라는 것이었다. 그래서 일모는 어릴 적부터 기마왕과 더불어 궁중에서 양육되었다는 것이다.

아무튼 일모가 사라진 것을 기마왕이 알아차렸을 때, 그는 이미 그의 충직한 수하 몇 사람만을 데리고 왜국으로 향하는 배안에 몸을 싣고 있었다.

때는 기마왕이 즉위한지 13년째가 되던 해로, 어느 맑게 갠 늦은 봄날이었다. 동이 틀 무렵 서라벌 왕도로부터 남동방향으로 약 40킬로 정도 떨어진 지금의 방어진(方魚津) 근처에서 일모 일행을 실은 배가 출항했다.

지금은 한반도에서 일출을 가장 먼저 볼 수 있는 곳으로 유명하지만 당시까지만 하더라도 방어진은 가난한 어부들이 몇 집 모여 사는 그야말로 초라한 어촌에 불과했다.

일행 다섯 명을 태운 작은 범선은 해안선을 따라 죽 남하한 뒤 반도의 남단, 지금의 해운대 동백섬을 뒤로하고 낮과 밤을 달렸고, 천신만고 끝에 다음날 동녘이 밝아질 무렵 거제도의 동쪽 끝 자그마한 어촌에 닿았다.

여기에서 약간의 물과 식량을 구해 실은 일행은 왜국을 향해 다시 뱃길을 재촉했다. 어촌의 한 어부가 풍향이 심상치 않다며 며칠 묵고 갈 것을 권유했지만, 일행의 마음은 벌써 왜국을 향하고 있었기에 겨우 하룻밤만을 쉰 뒤 다음날 새벽 다시 돛을 올렸던 것이다.

다행히 걱정했던 강풍은 어느덧 가라앉았고, 서녘 하늘이 점점 붉게 물들 무렵 일행은 대마도의 가라자키(韓崎)근처에 닿았다. 그곳에서 다시 남하해 아카지마(赤島)와 구로지마(黑島)가 희미하게 보일 무렵, 갑자기 망망대해의 짙푸르고 거센 물결이 한차례 배를 크게 흔들었다. 그러나 일모 일행은 이런 풍랑엔 아랑곳하지 않고 배 뒤편에 희미하게 보이는 대마도를 돌아보며 계속 남하해 나갔다.

제법 큰 두 개의 섬으로 이어진 대마도는 풍광이 매우 아름다울 뿐만 아니라 선대 탈해왕이 태어난 곳이기도 했다. 일모는 그것을 예전에 어느 사관(史官)으로부터 들어 알고 있었으나 지금은 그러한 감개에 젖어있을 만한 마음의 여유가 없었다.

배는 다시 아오시오노사토(青潮の里) 가까이에서 남쪽으로 머리

를 돌린 뒤 목적지를 향해 거친 파도를 이겨내고 있었다. 뱃머리와 고물에는 항해의 안전을 비는 빨간 무기(巫旗)가 휘날렸고, 높게 걷어 올린 돛은 때마침 불어온 순풍을 온몸에 받아 이때까지만 해도 그럭 저럭 무난한 항해를 계속할 수가 있었다.

하지만 무심코 하늘을 치켜보던 일모의 얼굴에 언뜻 어두운 그림자 가 스쳐지나가는 것이었다. 이를 눈치 챈 수하 한 명이 걱정스러운 듯 일모에게 물었다.

'왕자님, 어디가 불편하십니까?'

일모는 그 물음에 대한 즉답을 피한 채 잠시 북쪽 하늘을 응시하다 가 무심코 혼잣말로 중얼거렸다.

'바다가 좀 거칠어질 것 같군.'

희미하게나마 일모의 혼잣말을 듣고 있던 수하들은 누가 먼저라 할 것도 없이 일제히 일어서려고 했다. 순간, 일모는 그들을 손짓으로 제지하며 차분한 어투로 말을 이었다.

'그렇게까지 걱정할 필요는 없다. 원래 바다란 이렇게 물결이 높고 흐름이 빠른 게야. 이 정도는 다 각오하고 오지 않았나?'

그때까지만 해도 바다는 아직 그 속내를 드러내지 않고 있었다. 하늘은 쾌청하다고는 말할 수 없었으나 두둥실 떠 있는 몇 가락의 구름은 마치 고운 솜처럼 연한 보라색 빛조차 띠고 있었다. 그 곱던 구름이 때마침 불어오는 북풍에 시달리다 자리를 물려주자, 이 때라 는 듯 어느새 북쪽 하늘부터 검은 구름이 뭉게뭉게 솟아오르더니 곧

장 온 하늘을 뒤덮기 시작했다.

갑자기 어느 쪽에서부터라 할 것도 없이 굵은 빗방울이 떨어지기 시작했다. 다행히 바람은 그다지 거세지 않았으나 파도가 제법 높아서 배는 마치 장난감처럼 요리조리 흔들렸다. 이윽고 빗발이 점점 더 거세지자 일행은 할 수 없이 좁은 선실로 자리를 피해야만 했다.

순간, 바다는 드디어 그 본색을 드러내기 시작했다. 폭풍우와 더불어 사람의 키를 몇 곱절이나 넘기는 파도가 마치 조그만 범선을 주무르기라도 하듯 덮치면, 배는 물결 밑으로 곤두박질쳤다가 다시 올라오곤 하였다. 선실에 틀어박혀있던 일행은 서로 몸을 기대어 고정된 구조물을 꼭 붙잡고 온 힘을 다해 버티는 중이었다. 그중에는 고통에 못 이겨 신음소리를 내는 사람도 있었다.

끝없이 망망한 바다 한복판에서 이처럼 황파(荒波)에 시달리는 사이에 일행은 점차 방향 감각을 잃었고, 길 잃은 배가 어느 방향으로 나아가고 있는지 도무지 알 도리가 없었다.

수하들은 모두 불안에 떨며 오직 일모의 표정만을 바라보고 있을 뿐이었다. 일모 자신 역시 불안한 마음을 감출 수가 없었다. 초조함은 그의 가슴을 무겁게 압박해왔지만 그가 지금 할 수 있는 일이란 그저 조용히 눈을 감고 천신에게 비는 것뿐이었다.

'저는 결코 죽음을 두려워하지는 않습니다. 그러나 제겐 오직 한 가지 절실한 소원이 있습니다. 그것은 사랑하는 제 처를 찾는 일입니다. 그리고 저의 충직한 부하들을 돌보아주십시오. 부디 저의 소원을

들어주시고 무사히 목적지에 도착할 수 있게끔 저희들을 인도해주시옵소서.'

그 후 일모가 하늘을 우러러볼 여유를 갖게 되기까지는 그리 오랜 시간이 걸리지 않았다. 어느새 서녁으로 기운 태양빛이 희미하게나마 구름 사이를 비추는 모습이 그의 눈을 반겼던 것이다.

일모는 뭐라 말로 형용할 수 없는 마음의 평안함을 느꼈다. 이런 평안함 속에서도 그는 천신에 대한 감사의 기도를 놓치지 않았다. 생사를 넘나드는 절박한 상황에서 그들이 겪은 여정은 실로 구사일생 그 자체였던 것이다.

잠시 후, 일모를 비롯한 수하들은 환생의 기쁨을 나눌 겨를도 없이 모두 녹초가 되어 그 자리에 뒤섞인 채 깊은 잠에 빠져 들었다.

얼마나 많은 시간이 흘렀을까? 일모는 때마침 불어오는 한 가닥 해풍에 눈을 떴다. 무의식적으로 벌떡 일어나 배가 흘러가는 방향을 바라보는 순간, 일모의 눈에는 수평선 저 멀리서 희미하게나마 거무스름한 덩어리 같은 것이 보이는 것이었다. 안개인지 구름인지 분명치는 않았으나, 그는 순간적으로 배가 육지 가까이에 이르렀다는 생각이 들어 서둘러 잠에 빠진 수하들을 깨웠다.

배가 점점 가까이 다가가자 그 거무스름한 덩어리는 차츰 그 모습을 드러내기 시작했다. 누가 봐도 그것은 수목이 무성하게 자라난 육지의 형상이었다. 이를 확인한 일모와 수하들은 누가 먼저라 할 것도 없이 일제히 환호성을 지르며 온갖 수단을 다해 배를 육지 쪽으로 몰아갔다.

이제 그들에게는 새로운 운명의 길이 열리려하고 있었다. 하지만 그들은 이국땅에서 앞으로 전개될 상황에 대한 불안감이나 호기심보다는, 우선은 살아남았다는 안도감에 만취되어 심장이 고동쳤다.

이윽고 배는 육지에 당도했다. 그곳은 북구주 북단에 위치한 이도(伊都)라는 곳이었다. 배를 큰 암벽 밑에 단단히 고정시키고 숲속에 들어간 그들은 드디어 꿈에도 그리던 육지에서의 하룻밤을 보낼 수 있었다.

빨간 구슬에서 태어난 여인

얼마나 시간이 흘렀을까? 일모는 상쾌하게 불어오는 산들바람과 따사로운 아침햇살에 눈을 떴다. 그리고는 눈을 비비며 무의식적으로 주위를 돌아보는 순간, 몹시 놀라 소리를 지르며 수하들을 깨울 수밖에 없었다. 어느새 일행의 주변에는 어디에서 왔는지 모를 정체불명의 수많은 사람들이 자신들을 둘러싸고 있었던 것이다.

그들 가운데는 어른도 있었고 어린아이도 있었다. 남자도 있었으며 여자도 있었다. 언제부터였는지 모르지만 수십 명의 군중들이 이상야릇한 표정을 지으며 일모 일행을 내려다보고 있었다. 그러나 일모는 그들이 적의를 품고 있지 않다는 것을 직감적으로 느낄 수 있었다.

잠시 후, 그들 가운데 지도자로 보이는 한 노인이 일모의 앞으로 다가왔다. 노인은 낯선 이방인의 출현에 적잖이 놀란 듯, 경계심을 늦추지 않으며 일모에게 질문을 던지는 것이었다. 일모는 노인에 대한 예를 잃지 않으면서 때로는 필담을 섞어가며 그에 답했다.

'그대들은 누구이며 어디에서 왔소?'

'저는 서라벌의 왕자 일모라고 합니다. 이 사람들은 모두 제 부하들입니다. 저는 이곳에서 꼭 찾아야할 사람이 있어서 바다 멀리 서라벌 땅에서 여기까지 배를 몰고 왔습니다.'

'찾을 사람이라니, 도대체 누구를 찾는단 말씀이오?'

'제 사랑하는 처가 이곳 왜국 땅에 있습니다. 그래서 저는 제 처를 찾고자 하는 것입니다.'

일모 일행이 자신들을 해칠 사람이 아니라는 것을 확인한 사람들은 경계를 풀고 친근감을 나타냈으며, 그날 저녁에는 일행을 마을로 초대하여 따뜻한 환영의 자리까지 마련해 주었다.

다음날 마을사람들이 손을 흔들며 전송해주는 가운데 다시 배를 타고 마을을 떠난 일행은 진로를 동쪽으로 우회하여 지금의 관문(關門)해협을 지났다. 그 뒤 일행의 배는 세토 내해(瀨戶內海)를 동진하며 본격적으로 아내의 행방을 찾는 여정에 들어갔다.

한편, 이 무렵 수인왕도 서라벌의 왕자를 자칭하는 자가 하리마(播馬,지금의 兵庫縣 서남부)에 와있다는 소문을 듣게 되었다. 왕은 곧 일모가 묵고 있는 숙소에 사람을 보내 그들을 궁궐에 초대하였다.

일모는 수하들을 거느리고 서라벌에서부터 준비해 간 일곱 가지 진귀한 보물이 들어있는 보자기를 지난 채 왕 앞에 나타났다.

왕은 그를 보자마자 그 수려한 용모와 6척을 넘기는 늠름한 체구에 잠시 넋을 잃고 말았다. 그의 수하들 또한 누구라 할 것도 없이 모두 기골이 장대한 젊은이들이었다.

'그대의 이름은 무엇이며 어디에서 왔는고?

왕의 질문은 부드러웠으나 그 목소리만큼은 막강한 권력의 소유자답게 묵직하고 위엄이 있었다. 그럼에도 이국의 젊은 왕자 일모는 이런 왕의 위엄에도 기죽지 않은 채 침착하게 응대했다.

'예, 제 이름은 박일모(朴日矛)라 하오며 서라벌의 왕자입니다.'

그는 이렇게 말하며 사전에 준비해 간 빨간 보자기에 싼 동경(銅鏡)을 왕 앞에 선물로 내놓았다. 그리고는,

'이렇게 폐하를 만나 뵙게 되어 무한한 영광입니다'

라고 인사하며 왕에 대한 예의를 잃지 않았다.

선물을 받아든 왕은 매우 흡족한 듯 동경을 이리저리 살펴보는 것이었다. 잠시 후 둘의 대화는 다시금 이어졌다.

'그런데 그대는 서라벌의 국왕이 보낸 사신은 아닌 듯한데 무슨 일로 이 나라에 왔는가?'

'실은 제가 망망대해를 건너 이곳까지 온 것은 꿈에도 잊지 못할 제 사랑하는 아내를 찾기 위해서입니다.'

'아내를 찾는다고? 뭔가 깊은 사연이 있는 듯한데… 어디 그 사연

을 한번 들어볼 수 있겠는가?'

'예, 그렇게 하지요.'

일모는 아내를 찾으려면 누구보다도 수인왕의 도움이 절실히 필요하다는 걸 알고 있었다. 그렇기에 숨김없이 이야기할 작정으로 마치 자신의 옛일을 회상하듯 말을 이어나갔다.

'서라벌에는 아구노마(阿具奴摩)라는 제법 큰 못이 있습니다. 그런데 어느 날 이 못가에서 한 여인이 낮잠을 자고 있었답니다. 그때 마침 그 곁을 지나가던 어느 비천한 농부가 무심코 그 여인을 바라보게 되었습니다. 그런데 별안간 강렬한 햇빛이 무지개처럼 일곱 색으로 변하더니 그 여인의 성기 위를 비추는 것이 아니겠습니까?'

일모의 이야기를 듣던 왕은 매우 흥미롭다는 듯 무릎을 앞으로 내밀고 눈에는 순진한 미소마저 띠며 다시 물었다.

'그래, 그 여인은 몸에 아무것도 걸치지 않았다던가?'

'물론 초여름이라서 얇은 옷은 걸치고 있었답니다. 그런데 그리 화려한 의상은 아니었으나 묘하게도 온몸에서 요염한 빛을 발하고 있어, 한 눈에 보아도 그녀가 범인(凡人)이 아니라는 것을 금방 알 수 있었다고 합니다.'

'그리고는 어떻게 된 겐가?'

'햇빛이 비쳤을 때 여인은 그 부분을 양손으로 가리고 전신을 비틀며 황홀경에 빠져 있었다고 합니다. 하여간 그리되어 그 여인은 곧 임신을 하게 되었는데, 이상하게도 여인이 출산한 것은 사람이 아니

라 아름다운 모양의 붉은 구슬이었답니다.'

'그런 광경을 농부는 그대로 바라보고만 있었단 말인가?'

'예, 그는 설레는 가슴을 억누르고 오직 바라보고만 있을 수밖에 없었답니다. 아무튼 농부는 여인에게 간청하여 그 고귀한 구슬을 얻어 소중히 가슴에 안은 채 집까지 가져 왔답니다. 그리고는 그 구슬을 깨끗한 천으로 싸서 예쁜 주머니 속에 넣고는 늘 허리에 차고 다녔다 합니다.'

여기까지 말한 일모는 깊은 한숨을 내쉬었다. 그리고는 왕을 비롯하여 여러 신하들이 숨을 죽이고 지켜보는 가운데 또다시 뚜렷한 말투로 이야기를 이어나갔다.

'언젠가 저는 수하 몇 명만을 데리고 성 밖으로 산책하러 나간 적이 있었습니다. 성 안 정원의 매화 꽃봉오리가 벌어지기 시작한 것을 보자 불현듯 화창한 들판을 걷고 싶다는 생각이 들어서였습니다.

그렇게 제 일행이 어느 산기슭을 걷고 있었는데, 마침 한 농부가 소 등에 무엇인가 짐을 싣고 반대편에서 걸어오고 있었습니다. 그런데 제 눈에는 그 농부가 어딘지 모르게 수상쩍게 보였고 뭔가에 쫓기고 있는 사람처럼 불안해 보였습니다. 허리에 차고 있던 주머니 또한 아무래도 그의 신분에는 어울리지 않는 듯하여 저는 그 농부를 불러 세워놓고 물어 보았습니다.'

이야기가 제법 길어지는데도 불구하고 왕과 신하들은 꼼짝도 하지 않은 채 일모의 말에 귀를 기울이고 있었다. 일모의 이야기는 계속

이어졌다.

'제가 "나는 이 나라의 왕자인데, 그대는 지금 어디에 살며 어딜 가는가?"라고 묻자 농부는 "예, 예, 왕자님. 저는 이 고개 너머 저쪽 마을에 살고 있사오며, 지금 밭일을 하고 있는 일꾼들에게 새참을 가지고 가는 중입니다요."라고 대답하였습니다. 하지만 농부는 제가 왕자라는 사실을 알자 허리를 굽실거리면서 제풀에 그만 모든 것을 체념하는 것처럼 보였습니다.

그래서 다시 "그런데 그대는 뭔가에 쫓기고 있는 듯한데, 혹 이 소를 어디서 훔쳐 온 것은 아닌가?"라고 물으니 농부가 자신은 절대 그런 사람이 아니라면서 강력히 부인하는 것이었습니다.

그때 제가 "그러면 그대의 허리에 차고 있는 주머니는 무언가?"라고 묻자, 농부는 금시로 얼굴이 창백해지면서 몹시 놀란 표정을 짓더니 주머니에서 구슬을 조심스레 꺼내 보이며 그것을 얻게 되기까지의 사연을 제게 얘기해주는 것이었습니다.

그러더니 농부는 "이것은 매우 귀한 보물이라 저와 같이 미천한 자가 가질 수 있는 물건이 아닐 것입니다. 그러니 왕자님께서 가져가십시오"라고 말하는 것이 아니겠습니까?'

일모의 이야기가 여기에 이르자 한 가지 궁금증이 생긴 왕은 그에게 차를 권하며 잠시 쉬게 한 후,

'그렇다면 그 농부가 좀 전에 여인으로부터 구슬을 받았다는 바로 그 사람인가?'

라고 확인하듯 물었다. 이에 일모는,

'그렇습니다. 그런데 이 농부는 물론 악인이기는커녕 실로 그지없이 선량한 사람이었고 또한 저의 큰 은인이기도 하답니다.'

라고 답한 뒤, 그 뒷이야기를 단숨에 말하기 시작했다.

농부에게 구슬을 주머니 채로 받아 궁으로 돌아와 방에 놔두었더니 구슬이 돌연 <아름다운 처녀>로 변했다는 것, 그리고 자신은 아름다운 그 여인에게 첫눈에 반해 부부로서의 인연을 맺었고 한때는 행복하게 지냈다는 것, 그러나 자신이 점차 여인에게 싫증을 느꼈고 경거망동한 행동으로 인해 그 여인을 떠나보내고 말았다는 것이었다.

그런 뒤 그 여인은 떠나기 전까지 자신에게 아침저녁으로 산해진미를 차려 식탁을 풍요롭게 해주고 온갖 정성을 다 쏟았음에 비해 자신은 처를 감싸주거나 위로해주지도 못했고 오히려 그녀를 욕하고 천대했었다고 말하며 참회의 눈물을 흘렸다. 그리고 그는 다시,

'제 처가 마지막으로 남긴 말은…'

이라고 말하려다 왕의 면전이라는 사실도 잊은 채, 복받쳐오는 참회의 눈물에 더 이상 말을 잇지 못했다.

'그래서, 최후에 남긴 말은 무엇이더냐?'

왕은 일모가 안쓰럽다는 생각이 들면서도 뒷이야기가 어떻게 전개되는지 몹시 궁금하다는 듯 다음이야기를 재촉하는 것이었다.

이에 일모는 다시 정신을 가다듬고 말을 이었다.

'예, 그녀는 저에게 자신은 저와 함께 살 수 없는 사람이라며 자기 조상의 나라로 가겠다는 말을 남기고 홀연히 자취를 감추고 말았답니다. 나중에 그녀의 여종한테 듣기로는 작은 배에 몸을 싣고 나니와(難波, 지금의 大阪市부근)로 가버렸다 합니다.'

'나니와로 갔다고? 그래, 그 여인의 이름은 무엇인고?'

왕의 물음에 일모는 얼른 대답을 할 수가 없었다. 그도 그럴 것이 그는 자신의 아내 이름을 그때까지 한 번도 불러본 적도 들어본 적도 없었기 때문이었다.

가만히 옛일을 더듬어 보던 그는 언젠가 아내와 다툴 때 그녀가 '나도 원래는 왕자님 못지않게 귀한 몸입니다'라고 말하며 어떤 이름을 이야기했던 것을 기억해냈다.

그 순간, 갑자기 그의 몸이 경직되더니 입을 굳게 다문 채 얼굴이 불덩이처럼 벌겋게 상기되는 것이었다.

그것은 어느 늦은 봄날이었다. 궁중에서 만찬을 마치고 늦게 귀가해보니 여느 때와 달리 아내는 무슨 근심이라도 있는 듯 기분이 울적해 보였다. 그런데도 그날따라 과음을 했던 일모는 아내의 기분은 아랑곳하지 않고 그대로 잠자리에 들어버렸다.

다음날도 역시 일모는 술에 취해 귀가했다. 잠시 하고 싶은 이야기가 있다는 아내의 말에는 대꾸도 하지 않은 채 그는 그녀의 손목을 강제로 잡아당기고 비틀거리며 침대에 나뒹굴었다. 그리고는 처의 의사는 묻지도 않고 억지로 입을 맞추며 남자의 욕심을 채우려 했다.

평소에는 이 같은 난폭한 행위를 한 적이 없는 그였기에 아내는 일순 당황하여 반항해보았지만 그지없이 교묘한 남편의 애무는 여체의 본능을 자극시키기에 충분했다.

더욱이 젊음의 화신이라 할 수 있는 남편의 힘찬 움직임에 아내는 적어도 그 순간만큼은 모든 불만과 고민이 다 사라지고 오로지 여지없는 황홀감에 도취될 뿐이었다.

아내는 실로 오랜만에 남편의 포근하고 따뜻한 가슴 속에 온몸을 맡겼다. 그리고는 때는 이때라 생각한 그녀가 곧 수 일전 꿈속에서 거룩한 분으로부터 들은 자신의 신상에 대해서 띄엄띄엄 이야기를 하기 시작했다.

그러나 아내의 기대는 결국 산산조각이 되어 돌아왔다. 일모는 오늘도 여느 때처럼 이내 깊은 잠에 취해버린 것이었다.

당시를 생각해내려 애쓰던 일모는 취중에 그것도 비몽사몽간에 들은 것이라 뚜렷하게 기억해낼 수는 없었지만, 아내가,

'제 이름은 "아카루히메(阿加流比賣)"라고 한답니다. 저희 할아버님은 왜국에서 건너오셔서 서라벌 건국에 크게 기여하신 분이랍니다'

라고 말한 것까지는 어렴풋하게나마 기억이 나는 듯하였다. 그러나 그 뒷이야기는 그가 이미 머나먼 꿈길을 헤매고 있던 터라 기억이 날 리 만무했다.

다음날부터 평소 그렇게도 밝고 상냥하던 아내는 몹시 차갑고 무뚝

뚝한 여자로 돌변해 있었다. 남부럽지 않은 깊은 애정으로 맺어졌던 두 사람이었지만 모든 것을 퇴색시켜버리는 세월의 흐름은 두 사람 사이에 깊은 균열을 만들었고, 이로 인한 상처는 그 무엇으로도 치유될 수 없는 심각한 불치병이 되고만 것이었다.

아내는 <전에는 그렇게도 자상하고 이해심이 깊던 남편, 하루에도 몇 번씩이나 다정하게 위로해주고 포근히 감싸주던 남편, 하지만 지금은 때로 입에 담지 못할 폭언을 일삼고 내 말에는 귀를 기울이려고도 하지 않는 남편, 어딘가에 숨겨둔 여인이라도 있는 듯 나의 요구에는 아랑곳하지 않더니 이제는 오로지 반 폭력으로써만 나를 제압하고 육체적 노리개로밖에 생각하지 않는 사람이 되고 말았다>며 남편의 변화에 비애감을 느끼고 있었던 것이다.

'그대 부인의 이름은 무엇이라 했는가?'

다시금 묻는 왕의 질문에 겨우 제정신을 차린 일모는,

'예, 확실치는 않습니다만 아마도 <아카루히메>라 한듯합니다'

라며, 자신의 부끄러운 과오를 애써 감추기라도 하듯 작은 목소리로 대답했다.

이렇게 문답을 주고받는 중에도 일모는 넋 잃은 사람처럼 한동안 멍하니 천장을 바라보고만 있었다.

왕을 비롯하여 즐비하게 늘어서 있던 신하들은 모두들 당혹해하며 말문을 열지 못한 채 일모를 어떻게 위로해야할지 거듭 고심하고 있었다. 슬픔에 잠겨있는 일모의 표정이 너무나도 애처로웠기 때문이었다.

　결국, 왕이 그를 달래기라도 하듯 부드러운 목소리로 조용히 말문을 열었다.

　'많이 피곤해 보이는 구나. 좀 쉬는 것이 좋을 것 같다. 이야기는 나중에 또 듣기로 하지.'

　이러한 만남이 있고 난 뒤, 왕은 멀리 왜국까지 온 노고를 치하하고 또 가지고 온 선물에 대한 감사의 표시도 겸해서 하리마의 시사와노무라(宍粟邑)와 아와지시마(淡路島)의 이데사노무라(出淺邑) 두 곳 가운데 일모가 원하는 한 곳을 식읍(食邑)으로 하사하겠노라고 말했다. 그리고 왜국 내 어디를 가든 어떠한 부담감도 갖지 말고 마음 편히 지내라는 당부의 말도 잊지 않았다.

　그러나 일모는 그에 대한 고마움을 표하면서도 아직은 때가 이름을 왕에게 아뢰었다.

　'저는 아직 귀국 내의 지리에 밝지 않아 어디에 사는 게 좋을지 잘 모르겠습니다. 그리고 지금은 무엇보다도 제 아내를 찾는 것이 급선무입니다. 원하옵건대 폐하께서 이왕 제게 은혜를 베풀기로 결정하셨다면, 제가 직접 여러 곳을 다녀본 뒤에 선택할 수 있게끔 허락해 주시겠습니까?'

　일모의 다소 당돌한 요청에도 왕은 흔쾌히 그 원을 들어주겠노라고 약속하고 일모를 도울 몇 명의 수행원까지 따르게 하였다.

임 찾아 2만 리

궁궐에서 물러나온 일모 일행은 우선 아내가 자기 조상의 땅이라 했던 나니와로 가보기로 마음먹었다. 그녀가 지금까지 그곳에 머물고 있을지는 확실치 않았으나 일모는 희망을 잃지 않고 일단 한번 가보기로 한 것이었다.

그런데 그들의 나니와 여정은 그야말로 가시밭길과도 같았다. 도중에 그들은 여러 번에 걸쳐 난관에 봉착했던 것이다.

뱃머리를 나니와로 향한 채 항해하던 일행이 다카시마(高島) 군도(群島)를 지나가고 있었을 때였다. 갑자기, 가시와노와타리(柏濟)라는 신(神)이 나타나서 외지사람은 더 이상 동쪽으로 갈 수 없다고 완강히 앞을 가로막는 것이었다. 사정을 설명하고 아무리 애원을 해도 막무가내였던 신은 그들이 서라벌에서 왔다는 것을 알게 되자 더욱더 노골적으로 적대감을 표시했다.

'나는 서라벌의 왕자 일모라고 하는 사람이다. 지금 우리는 수인왕의 호의로 안내인의 인도를 받아 나니와로 가는 중이다. 결코 수상한 자가 아니니 길을 열어주기 바란다.'

그러나 가시와노와타리의 강경한 태도는 조금도 누그러질 기미를 보이질 않았다. 오히려 신은 일모의 말을 듣고는 더욱 고압적인 자세로 큰 소리를 지르며 일행을 위협하는 것이었다.

'과거 그대들 나라의 사신이 이곳에 와서 섬 서쪽에 계시던 석신(石神)을 모독해 우리가 큰 재화를 입었다. 지금 그대들이 이곳에 들어온다면 또다시 어떤 재앙을 일으킬지 모를 일이다. 아무튼 더 이상의 항해는 허용할 수 없으니 어서 뱃머리를 돌려 돌아가거라. 그렇지 않으면 그대들은 한 사람도 살아남지 못할 것이다.'

일모는 <서라벌의 사신이 석신을 모독했다>라는 말에 신경이 쓰였다. 그래서 그는 다시 마음을 안정시키고 조용히 입을 열었다.

'그것이 대체 무슨 말이오? 좀 더 자세히 이야기해줄 순 없겠소?'

일모가 침착한 태도를 보이자 가시와노와타리 또한 교만한 태도를 약간은 누그러뜨리고 사건의 전말을 설명해주었다.

'이 섬에는 영묘한 빛을 발하는 다섯 개의 보석이 얼굴에 박힌 석신이 있었는데 서라벌에서 온 어떤 사신이 눈 부분에 박혀있던 제일 아름다운 보석을 도려내 버렸다. 그 일로 석신은 매우 슬퍼하여 많은 눈물을 흘렸고, 결국 석신의 노여움을 샀던 사신의 배는 폭풍을 만나 모두 죽음을 면치 못하였다. 그래서 마을 사람들이 그 시신들을 이 해변에 묻었는데, 그때부터 이 해변을 <가라하마> (韓濱)라 부르게 되었다. 그 일이 있은 후 이곳을 지나가는 사람들은 모두 마음을 가다듬고 <장님>에 관한 말을 일절 입에 담지 않게 되었다. 이제 알겠는가?'

그 말을 들은 일모 일행은 가시와노와타리와 더 이상 논쟁을 벌이는 것은 백해무익이라 생각했다. 그래서 그들은 뱃머리를 돌려 북상한 뒤 저녁 무렵에야 비로소 하리마의 이보가와(揖保川) 하구(河口)에 닿게 되었다.

그런데 이곳에서도 갑자기 시코호(志擧乎)라는 토지신이 나타나 일행의 앞길을 가로막는 것이었다. 일모는 다카시마 군도에서의 일도 있고 해서 먼저 정중하게 자신을 소개하고 그곳에 온 경위를 자세히 설명한 뒤 며칠 동안만 묵고가기를 청했다. 그러나 시코호는, '해상에서 머무는 것은 좋지만 상륙하는 것은 허용할 수 없다'며 아주 매섭게 거절하는 것이었다.

거듭된 방해에 화가 머리끝까지 치민 일모는 이쯤에서 자신의 능력을 보여줄 필요가 있다는 생각에 허리에 차고 있던 칼을 불쑥 빼들고 그것을 바닷물에 꽂고 마구 휘저었다. 그러자 별안간 바다에서 파도가 심하게 용솟음치더니 잠시 뒤에는 거대한 소용돌이까지 일었다. 그리고는 그 자리에 갑자기 매우 큰 섬 하나가 불쑥 솟아올랐다.

이 광경을 지켜보고 있던 시코호는 일모가 비범한 능력과 무용을 겸비한 자라는 것을 깨닫게 되었다. 하지만 일모의 생각과는 달리 시코호는 그가 이 땅에 들어와서 세력을 넓혀 지배자가 되는 것을 더욱 경계하는 것이었다.

때문에 시코호는 서둘러 육지로 되돌아가 그 일대를 널리 조망할 수 있는 높은 언덕에 올랐다. 그리고는 동서남북의 지형을 살피더니 그 중심부에 자신의 지팡이를 꽂는 것이었다. 그러자 지팡이가 꽂힌

곳에서 한천(寒泉)이 솟아올라 골짜기를 이루더니 마침내 새로운 하천이 형성되었다.

잠시 후 지팡이를 꽂아 자신의 세력권을 표시하느라 무예 기력을 다 소진해버린 시코호는 갑자기 허기를 느끼게 되었다. 그러나 너무 서둘러서 급하게 식사를 하느라 밥알이 땅에 뚝뚝 떨어지고 말았다. 이 일이 계기가 되어 그때부터 사람들은 이 언덕을 이보오카(粒丘)라고 부르게 되었다고 한다.

배불리 배를 채운 시코호는 또 다시 일어나 큰 소리로 외쳤다.

'그대들 눈앞에 펼쳐진 이 땅은 모두 내 것이다. 만약 이 땅에 한 발짝이라도 침범하는 자가 있다면 나는 그 누구라도 살려둘 수 없다.'

결국 일모는 시코호의 완강한 항거에 그곳에 상륙하는 것을 단념하고 강을 거슬러 올라가기로 하였다. 그러나 그 과정에서도 시코호는 줄기차게 일모의 전진을 막으며 도전해 왔다. 우하라(宇波良)근처에서는 강가에 수십 명의 병사들을 배치하여 빗발치듯 활을 쏘아 댔으며, 이보가와의 분류(分流)인 이나카가와(伊奈加川)에서는 여러 척의 배를 띄워 완강히 앞길을 가로막았던 것이다.

할 수 없이 히지리(比治里)라는 분기점까지 철수한 일모 일행은 가와네무라(川音村) 근처에서 하선하여 구로오산(黑尾山)기슭에 일단 진을 치고 시코호의 공격에 대비하기로 했다.

잠시 후, 일모의 예측대로 시코호의 군사들은 함성을 지르며 일제히 공격해왔다. 이 때 일모가 재빨리 산 정상에 올라가 장검을 높이 빼들고는 하늘을 찌르듯 치켜세웠다.

그러자 장검이 햇살에 반사되어 휘황찬란한 빛을 토해내니, 공격해 오던 적들은 눈이 부셔 활을 쏘기는커녕 한 걸음도 앞으로 나갈 수가 없게 되었다. 게다가 갑자기 요란한 굉음소리와 함께 지진이 일어나 계곡에 있던 바위가 와르르 무너지고 대지가 심하게 흔들렸다. 이에 혼비백산한 시코호의 군사들은 사방으로 뿔뿔이 흩어져 도망치고 다시는 일모 일행의 앞길을 가로 막는 일이 없었다고 한다.

그때부터 이곳 사람들은 일모라는 이름에 <천> (天)자를 붙여 <천일모> (天日矛, 아메노히보코)라 부르게 되었으며, 이 골짜기를 <양측 군사들 간에 서로 공방이 벌어졌다>해서 <우바이다니> (奪谷)라 명명하게 되었다.

시호코의 군사를 물리친 일모 일행은 그 곳에서 몇 개월간 머물며 일대의 마을들을 돌아보았지만 <서라벌에서 온 여인>의 행방은 묘연하기만할 뿐 기대하던 성과는 올릴 수 없었다.

허나 이 과정에서 일모의 소문은 끝없이 널리 퍼져, 그들이 가는 곳마다 그의 훌륭한 인품이 사람들의 입에 회자되었고 그가 머무는 곳마다 새로운 지명이 차례로 생겨났다.

어느 마을은 일모가 그곳을 지나가며 '이 계천은 물소리가 크구나'라고 말했다 하여 <가와네무라> (川音村)라 부르게 되었으며, 어느 마을은 '이곳은 다른 마을보다 매우 높은데 위치하고 있구나'라고 말했다 하여 <다카야노사토> (高屋里)라 부르게 되었다는 것이다.

한편 백방으로 아무리 노력해도 끝내 아내의 소식을 접하지 못하자 일모는 어느 날 수하들을 모두 불러 모았다.

‘여기에 더 이상 머물고 있을 수만은 없다. 내일 아침 일찍 강을 따라 내려가 나니와로 가야겠다.’

일모의 지시가 내려지자 일행은 새로운 여정에 필요한 식량과 음료를 구하는 등 항해를 위한 만반의 준비를 하면서도 한편으로는 어쩐지 불안한 마음을 감출 수가 없었다. 이런 수하들의 기색을 일모가 모를 리 없었다.

‘너희들은 일전에 우리들 앞길을 가로막던 가시와노와타리가 마음에 걸리겠지? 그러나 그렇게까지 걱정할 필요는 없어. 모두 잘 될 거야.’

일모의 마음속은 이렇듯 자신을 보살펴주는 천신에 대한 기대와 든든함으로 충만해 있었다.

다음날 일행은 하리마나다(播磨灘)를 동진해서 다카시마 군도 부근에 이르렀다. 그러자 아니나 다를까 수척의 배가 그들을 향해 접근해오는 것이었다. 몇 달 전에 겪었던 악몽이 되살아난 일행은 누구라 할 것도 없이 숨을 죽이며 이들의 동태만 예의주시하고 있었다.

그런데 이것이 어찌된 일인가? 가까이 다가온 수척의 배들은 적의를 나타내기는커녕 오히려 북소리를 높게 울리며 환영의 뜻을 표하는 것이었다. 이미 하리마에서 벌어진 일련의 상황들을 전해 듣고 있었던 그들은 일모 일행의 목적이 순수하며 자신들을 해칠 마음이 없다고 판단했던 것이다. 안심한 그들은 아카시(明石) 해협을 지나 나니와로 향하는 안전한 바닷길까지 일행을 안내해 줄 정도였다.

그리하여 일행이 탄 배는 우지가와(宇治川)를 거슬러 올라 아나무라(吾名邑)라는 곳에서 며칠을 머문 뒤, 다시 와카사(若狹, 지금의 福井県서부)를 거쳐 다지마(但馬, 지금의 兵庫県북부)에 이르렀는데, 이곳에서 일행은 꽤 오랜 기간을 머물며 아내의 행방에 대해 여기저기 수소문해보는 중이었다.

하지만 역시 그녀의 행방은 오리무중이었다. 다만, 그녀는 이미 이 세상 사람이 아니며 죽어서 신이 되어 어딘가의 신사에 모셔져 있다는 입소문만 무성할 뿐이었다.

한편 다지마에서도 일모가 사랑하는 부인을 찾아 큰 위험을 무릅쓰며 여러 곳을 편답(遍踏)하고 다닌다는 소문이 널리 퍼져있었다. 더불어 훌륭한 인격과 비범한 능력을 겸비한 그의 인기가 이만저만 높은 것이 아니었다.

무엇보다도 무인다운 늠름한 체구에 수려한 용모까지 갖춘 이국왕자 일모의 모습은 대대로 왜국 땅에 살던 사람들이 보기에는 분명 한층 두드러진 존재임에 틀림없었다.

이렇듯 일모가 사람들의 입에 자주 회자되자, 특히 나이찬 딸을 가진 토호들 사이에서는 그가 큰 관심거리가 되고 있었다.

어느 날은 마타오(麻多烏)라는 이름을 가진 토호가 찾아와서 넌지시 일모의 의향을 떠보는 것이었다.

'왕자님, 혹 시간이 나신다면 내일 저녁 저희 집에 초대를 하고 싶은데 괜찮으시겠습니까?'

'고맙습니다만, 무슨 행사라도 있습니까?'

불쑥 <초대>를 한다는 말에 다소 놀란 일모가 되물었다.

'아닙니다. 그런 것은 아닙니다만, 다만…'

일모는 약간은 쑥스러워하는 마타오를 보며 초대의 이유에 대해서는 더 이상 묻지 않았다. 그 자신도 기회가 닿으면 이곳 유지들과 친분을 나눠야겠다는 생각을 자주 하고 있던 차였다.

그런데 마타오에게는 마에쓰미(前津見)라는 혼기에 들어선 아름다운 딸이 하나 있었다. 그녀도 진작부터 일모에 대한 소문은 듣고 있었으나 직접 대면하는 것은 이날이 처음이었다. 과연 그녀의 눈에 비친 일모의 모습은 소문 이상으로 늠름한 장부였다.

한편 마타오의 집에서 마에쓰미를 보는 순간 몹시 놀란 일모는 자신도 모르게 '억!'하는 소리를 참아내며 자기 눈을 의심해야만 했다. 적어도 그 순간만큼은 가슴이 막혀 아무런 말이 나오지 않는 것이었다. 일모는 자신의 눈이 어떻게 된 것이 아닌가하여 그녀를 보고 또 볼 뿐이었다. 그의 눈앞에 나타난 그녀의 모습은 묘하게도 꿈에도 잊지 못할 아내와 너무나도 닮아 있었던 것이다.

잠시 후, 일모는 두근거리는 마음을 진정시키고 다시금 곰곰이 그녀를 살펴보았다. 아내보다는 열 살 정도 젊은 나이로, 그녀의 아리따운 자태는 한없이 고상하고 아름다워 보였다. 또한 자신을 바라보는 그녀의 순박하면서도 애틋한 눈빛은 일모의 마음을 더더욱 설레게 만들어 제대로 몸을 가눌 수 없을 정도였다.

그리하여 두 사람은 결국 거역할 수 없는 운명적인 만남을 통해 부부로서의 인연을 맺게 되었다.

돌이켜보면 서라벌의 방어진을 출발한 이후 3년 남짓 수만 리에 이르는 편력(遍歷)의 여정은 일모에게는 그야말로 형극(荊棘)의 길이었다.

그러나 지금 이 순간, 마에쓰미의 부드럽고 풍만한 가슴에 머리를 묻고 그녀의 따뜻한 체온을 느끼게 된 일모는 곧 전신에 퍼져오는 황홀감과 더불어 그 동안의 피로와 가슴속에 뭉쳐있던 응어리가 말끔히 씻겨나가는 듯했다.

행위가 끝나고 난 뒤에도 일모는 마치 순풍의 바다 물결을 타고 있는 것 같은 착각에 빠지게 되었다. 그의 상상의 날개는 이미 멀리 서라벌 하늘을 날고 있었다. 그리고는 이내 어느 늦은 봄날 궁궐에서 돌아와 아내와 함께 지내던 추억에 사로잡힌 일모는 다시금 마에쓰미의 몸을 찾게 되는 것이었다.

남편에 대한 마에쓰미의 배려는 그야말로 세심하고 헌신적이었다. 그리하여 일모가 갖고 있던 마음의 상처는 차츰 치유되어 갔으며 일상생활 역시 여느 부부들처럼 정상적으로 지낼 수 있었다.

그리하여 일모는 이제 아내를 찾아 헤매는 생활을 단념하리라 마음 먹었다. <단념했다>라기 보다는 예전 아내를 그리워하는 애처로운 마음이 마에쓰미의 헌신적인 사랑으로 치유되었다고 하는 것이 옳을 것이다.

점차 생활이 안정되자 일모는 다지마 지역뿐만 아니라 그 밖의 여러 지역사람들에게도 도자기 굽는 기술과 철기주조 방법 등을 가르치는데 전념하게 되었다.

사람들은 그와 같은 일모를 믿고 따르며 그가 전수한 기술들을 발전시켜 나갔다. 도자기의 경우, 특히 오미(近江, 지금의 滋賀県)의 가가미무라(鏡村)라는 곳은 수십 호에 달하는 마을 전체가 도자기 마을을 형성할 정도였으며 양질의 도자기 제품을 생산해 그 일대에서 널리 알려지게 되었다.

그러는 가운데 두 사람 사이에서는 모로스케(諸助)라는 새로운 생명이 태어났다. 완전히 그 땅에 자신의 뿌리를 내리게 된 일모는 다지마에서 점차 하리마와 셋쓰(攝津, 지금의 大阪북서와 兵庫県남동부)에 이르기까지 광범위한 지역을 실질적으로 다스리게 되었으며, 그 자손들 또한 점점 늘어났다.

허나 그토록 강건한 심신을 자랑하던 일모도 나이가 들자 병마가 다가오는 것을 막을 수는 없었다. 고희를 몇 년 앞둔 그가 빈사의 병상에 눕게 되었던 것이다.

자손들 사이에서는 임종이 가까워진 일모가 병상에서 가까스로 몸을 일으켜 멀리 북방 하늘을 향해 경건한 기도를 올린 후 조용히 눈을 감았다고 전해지고 있다.

그것은 어느 여름날 밤 축시(丑時)경이었으며, 후손들에 의하면 당시 밤하늘에는 무수한 별들이 보였고 그날따라 더욱 그 빛을 더해 마치 일모의 승천을 반기는 듯했다고 한다.

보검의 행방

가랑비가 촉촉이 내리던 어느 초가을, 오랫동안 병석에 누워 있던 왕후가 수인왕을 비롯한 왕실 관계자들의 지성어린 간병에도 불구하고 이 세상을 등지고 말았다. 비탄에 잠긴 왕은 왕후의 장례식만큼은 이제까지와는 달리 뭔가 특색 있고 성대하게 치룰 것을 결심했고, 군신들을 불러놓은 자리에서 그 절차에 대해 논의하고 있었다.

그 때 노미노 스쿠네(野見宿禰)가 왕에게 아뢰었다.

'폐하, 여태까지 우리나라에서는 폐하 내외분이 승하하시면 그 능묘에 산 사람을 순장시키는 습속이 있었사옵니다. 그러나 이 제도만큼은 개선되어야할 것이라 사료되옵니다. 하오니, 앞으로는 그 방법을 달리하여 산 사람 대신 흙으로 사람이나 동물상을 빚어 이를 능묘에 세우도록 하는 것이 어떻겠사옵니까?'

왕은 스쿠네의 말을 듣고 몇 번이나 고개를 끄덕이며,

‘그래, 옳은 말이로다. 벌써 오래전에 서라벌에 다녀온 사절이야기로는 그 나라에서도 사람이나 말 등의 동물 모양을 돌로 만들어 능묘에 세우고 있다고 들었다. 그러니 우리나라에서도 앞으로는 흙으로 사람이나 동물 모양을 만들어 산 사람을 대신하도록 하라.’

왕은 이렇게 명을 내리고 이들 조형물을 만드는 작업을 누구에게 맡겼으면 좋을지에 대해 스쿠네의 의견을 물었다.

‘제 고향인 이즈모에는 가야에서 온 토기 장인들을 비롯해서 하지베(土部)라 불리는 기술자들이 많이 있사옵니다. 그들에게 이 일을 맡기심이 좋을 듯하옵니다.’

‘그러고 보니 그대는 이즈모 출신이었지? 그대가 이즈모에서 온 지 몇 년이나 되었지?’

‘예, 세월은 유수와 같다고 하지만 어느새 30년 가까이 되는 것 같사옵니다.’

‘30년이라고? 벌써 그렇게 되었는가?’

왕은 스쿠네의 말을 듣고는 잠시 지나간 옛일을 회상이라도 하듯 시선을 먼 곳으로 돌렸다.

당시 야마토(大和, 지금의 奈良県)의 다기마무라(當麻村)에는 천하에 당할 자가 없을 만큼 힘이 센 구에하야(蹶速)라는 사람이 살고 있었다. 그는 늘 ‘이 세상이 넓다고 하지만 하늘 아래 나를 이길 장사는 없을 것이다’라고 큰소리치고 다녔는데, 그 소문은 결국 왕의 귀에까지 들어가게 되었다.

왕은 전국에 포고령을 내려 그와 힘을 겨룰만한 장사를 찾도록 했는데, 그때 추천되어 올라온 이가 바로 스쿠네였다.

그는 몸집이 구에하야보다는 약간 작아 민첩해 보이기는 했으나 힘만큼은 도저히 구에하야를 당해낼 것 같지 않았다.

마침내 그들은 왕이 보는 앞에서 힘겨루기를 시작하였다.

구에하야는 잽싸게 스쿠네의 양팔을 자신의 양팔 깊숙이 꽉 껴안고 강하게 압박했다. 스쿠네의 팔꿈치 관절을 부러뜨리려는 심산 같았다. 순간, 그 고통에 숨도 제대로 쉬지 못할 정도였던 스쿠네는 절대 절명의 위기에 처하게 되었다.

고통을 참아가며 죽을힘을 다해 버티던 스쿠네는 구에하야가 잠시 숨고르기를 하던 틈을 타 순간적으로 자신의 머리를 이용해 상대의 턱을 들이받았다. 그 충격에 상대방이 멈칫하는 순간 재빨리 양팔을 빼낸 스쿠네는 이번에는 허리를 낮추어 상대의 양 무릎을 감아 잡고 뒤로 힘껏 젖혔다.

그러자 구에하야의 거구는 <쾅!>하는 소리와 함께 뒤로 나자빠졌고 다시 잽싸게 구에하야의 목덜미와 어깨를 휘어잡은 스쿠네는 온 힘을 다한 업어치기로 두세 번 그를 땅바닥에 내던졌다.

그 충격에 갈빗대와 허리뼈가 부러진 구에하야는 결국 다시는 일어날 수가 없었다.

이 힘겨루기가 계기가 되어 나중에 왜국에서는 <스모> (角力)라고 하는 씨름경기가 널리 성행하게 되었다고 한다.

그리고 스쿠네는 곧 왕의 호위가 되어 왕으로부터 두터운 신임을 받게 되었다.

'폐하, 이즈모의 하지베를 몇 명이나 데려오는 것이 좋겠사옵니까?'

스쿠네의 질문에 왕은 비로소 정신을 차리고는 엉겁결에 대답했다.

'응? 그래, 한 100명 정도면 되겠지? 그리고 그들에게 시켜 여러 가지 모양의 하니(土物)를 만들게 하라.'

이때부터 왜국에서는 흙으로 만든 조형물을 하니와(埴輪)라 부르게 되었다.

그 때, 잊고 있었던 서라벌 이야기가 나와서 그런지 잠시 무언가를 생각하던 왕은 갑자기 무릎을 탁 치며 신하들에게 물었다.

'그런데 서라벌에서 온 일모는 그 뒤 어떻게 된 것이냐? 그가 가지고 온 보물은 지금 어디에 있지?'

왕의 하문에 즐비하게 늘어서있던 신하들은 잠시 서로 얼굴만 바라볼 뿐 누구 하나 선뜻 나서는 자가 없었다. 그 때 한 관리가 머리를 조아리며 왕에게 아뢰었다.

'예, 다지마 사람들이 그 물건들을 보배로 받들고 소중히 보관하고 있다고 들었사옵니다.'

'그렇다면 그 보물들은 누가 관리하고 있다더냐? 보물은 아마 일곱 가지일 텐데…'

'예, 그 보물들은 일모의 증손자인 기요히코(淸彦)가 보관하고 있다고 하옵니다. 폐하께서 말씀하신 데로 보물들은 모두 일곱 가지여서 보석이 세 가지, 칼이 큰 것과 작은 것 각각 한 자루, 그리고 거울과 제기(祭器)가 각각 하나씩이옵니다. 그 밖에 항해할 때 안전을 빌기 위해 쓰이는, 천으로 만든 무구(巫具)등도 있다하옵니다.'

'기요히코라 했는가? 일모의 증손이라고?'

왕은 이렇게 확인하고는 자신을 되돌아보며 너무 오래 살았다는 생각이 들자 세월의 무상함을 느끼는 듯하였다.

돌이켜보건대 수인왕이 일모를 처음 본 것은 자신의 즉위 3년째 되던 해 봄이었다. 그리고 올해가 그의 즉위 90년째이니 무려 87년이라는 세월이 쏜살같이 지나가버린 것이었다.

그리고 그의 나이도 벌써 104세였다. 선대의 부왕 숭신이 120세까지 장수하였으니 자신이 그렇게 오래 산다하더라도 여명이 얼마 남지 않은 것이다.

그는 <기요히코가 일모의 증손>이라는 말을 듣자 새삼 자신의 심신이 쇠퇴하였음을 실감하지 않을 수 없었다.

이런저런 상념에 사로잡혀 있던 그는 비로소 제정신을 차리고 다시 명을 내렸다.

'그럼 곧장 사람을 기요히코에게 보내 그 보물들을 직접 가져오도록 하라.'

며칠 후 왕의 부름을 받은 기요히코는 매우 신성한 보물인 신보

(神寶)를 소중히 가지고 와 왕에게 올렸다. 왕은 그 신보를 조심스레 받쳐 들고 여기저기를 세세히 살펴보았다.

그런데 이상하게도 보물을 가지고 온 뒤 어전에 엎드려 있는 기요히코의 모습에는 어쩐지 불안한 기색이 역력했다. 왕이 그의 노고를 치하하며 어주를 내리려,

'기요히코, 먼 길 오느라 고생 많았다. 자 앞으로 가까이오라'

라고 했을 때에는 무릎을 벌벌 떨면서 일어나지조차 못하는 것이었다.

이는 비단 왕에 대한 경외(敬畏)에서 비롯된 것만은 아닌 듯하였다. 아니나 다를까 그가 가까스로 마루에 손을 짚고 일어서려는 순간, 그의 소맷자락에서 칼 한 자루가 마루에 굴러 떨어졌다.

순간, 왕은 물론 그 자리에 있던 신하들의 놀라움은 불문가지였다. 크게 놀란 신하들은 안색이 돌변한 채 누가 먼저라 할 것 없이 단도를 집어 들고 기요히코를 에워쌌다. 어떤 사람은 이미 기요히코의 멱살을 잡거나 그의 오른팔을 뒤로 젖혀 꼼짝 못하게 누르고 있는 자도 있었다.

이는 보통일이 아니었다. 칼은 본디 허리에 차는 것인데, 이를 몸속에 품고 있었다는 것은 무슨 나쁜 일을 꾸미고 있다는 증거일 수밖에 없어 변명의 여지가 없었다. 하물며 지엄한 어전에서야 다시 무슨 말이 필요하겠는가!

왕의 호위무사들이 속속 집결되는 가운데 긴장된 분위기는 어전을

무겁게 달구었다. 잠시 후 왕이 엄숙하게 입을 열었다.

'기요히코, 그 칼은 어찌된 겐가?'

일이 이렇게 되자 기요히코는 무엇을 어떻게 변명해야 할지 도무지 생각이 떠오르질 않았다. 허나 왕을 해칠 생각은 추호도 없었던 기요히코였던 만큼 그는 이 사실을 왕에게 해명해야 했다.

'예, 그것은 <이즈시(出石) 단도>라 해서 일곱 가지 신보 가운데 하나입니다.'

'그렇다면 이것은 다른 보물들과 함께 있어야 할진데 어찌하여 너의 소맷자락에서 나왔느냐?'

기요히코는 이제 모든 것을 하늘에 맡기고 솔직하게 자신의 진의를 털어놓아야겠다고 마음먹었다.

'먼저, 소인이 그것도 지엄하신 어전에서 용서받지 못할 중죄를 짓게 되어 황공무지하옵니다. 폐하께서도 아시는 바와 같이 신보는 모두 일곱 가지인데 그 중에는 크고 작은 두 자루의 칼이 있었습니다. 그러나 어찌 된 일인지 큰 칼은 지금 행방이 묘연합니다. 오로지 작은 칼 하나만이 남아 있는 상황에서 이것만은 가보로 길이 보존하고 싶었던 제가 이런 불충을 저지르고 말았사옵니다. 절대로 다른 뜻이 있었던 것은 아니옵니다. 용서하여주시옵소서 폐하.'

왕은 <큰 칼이 없어졌다>는 기요히코의 말을 듣고는 어쩐지 기분이 석연치 않았다. 그러나 그렇다 해서 그를 책망할 생각은 들지 않았다.

'가보로서 보존하고 싶다는 그대의 마음은 충분히 이해할 수 있다.

그러나 이 보물들은 <가보>라기 보다는 <국보>이다. 짐이 국가의 보물로 소중히 보관할 것이니 그대는 괘념치 말라.'

왕은 이렇게 말하고 보물들을 모두 궁궐의 창고인 신부(神府)에 소장하라는 명을 내렸다.

그런데 며칠 후, 갑자기 신보가 궁금해진 왕이 몸소 신부를 열어보니 이즈시 단도가 어디로 갔는지 흔적도 없이 사라지고 만 것이었다.

이에 크게 놀란 왕이 자신의 눈을 의심하며 신부 속을 샅샅이 뒤져보게 하였지만 그 어디에서도 이즈시 단도를 찾을 수 없었다. 왕은 즉시 다지마의 기요히코에게 사자를 보냈다.

'지난밤에 칼이 묘하게도 저희 집에 와 있었습니다. 그래서 제 자신 또한 기이하게 여겨 머리맡에 고이 두고 잤는데 아침에 눈을 떠보니 또 다시 어디론가 사라지고 없었습니다.'

기요히코의 말을 전해들은 왕은 사람의 머리로는 도저히 상상도 못할 이상야릇한 신이(神異)에 두려워하며 아무 말도 할 수가 없었다. 그리고는 또 몇 개월이 지나 기요히코로부터 다시 전갈이 왔다.

'이즈시 단도가 갑자기 아와지시마에 나타났다고 합니다. 그래서 이 칼을 신이라 생각한 섬 사람들이 사당을 지어 소중히 모셨다고 합니다.'

그러자 이 소식을 들은 왕에게 다시 생각나는 것이 있었다. 아와지시마라 하면 일모가 서라벌에서 왔을 당시 왕 자신이 식읍으로 주겠다던 마을 중의 하나였다. <그렇다면…, 기요히코가 행방을 알 수

없다고 말한 또 하나의 큰 칼은 혹 하리마의 어디엔가 있는 것이 아닐까?…>

왕은 하리마의 이보가와 하구에서 그곳의 토지신과 다투던 일모가 허리에 차고 있던 칼을 바다 속에 꽂아 신위(神威)를 발휘했다고 하는 이야기를 예전에 들어 알고 있었던 것이다.

얼마 후 기요히코로부터 또 다시 연락이 왔다.

'하리마의 이보가와 강변에 사는 어느 도공의 집 창고에서 도공이 여태까지 보지도 듣지도 못했던 칼이 발견되었다고 합니다. 그런데 그 칼은 손잡이 위에 둥근 고리가 달린 훌륭한 환두대도(環頭大刀)였다고 합니다.'

이와 같이 일모가 사랑하는 부인을 찾아 편력하는 과정에서 묵었던 여러 곳에는 지금도 그와 관련된 유적이나 신사(神社)가 있어 그 지역 사람들이 해마다 제를 올리고 축제를 거행하고 있다고 한다.

그 가운데 효고(兵庫)에는 이즈시(出石) 신사, 스기(須義) 신사, 모로스기(諸杉) 신사, 히지(日遲) 신사 등이 있으며, 그 밖에도 유이자키(結崎)의 이토이(絲井) 신사, 도요오카(豊岡)의 나카지마(中島) 신사, 후쿠이(福井)의 시즈시(靜志) 신사, 쓰르가(敦賀)의 게히(氣比) 신사, 후쿠오카(福岡)의 다카스(高祖) 신사 등이 있어, 이들 신사들은 지금도 일모와 관련된 유적지로 잘 알려져 있다.

한편 일모가 죽어 그 혼이 여름 밤하늘에 요염한 빛을 발하는 별이 되어 승천했을 때, 이미 수십 년 전부터 서라벌 호국의 별이 되어 밤하늘을 수놓고 있던 혁거세왕의 따뜻한 영접을 받았을 것이다.

그리고 그들은 지금도 눈앞의 편협한 이해관계에 혈안이 되어 견강부회를 일삼고 상대방을 헐뜯기에만 바쁜 후세의 권력자들을 내려다보며 몹시 안타까워하고 있을지도 모를 일이다.

나는 20대의 다감하던 시절 일본에서 몇 편의 시나리오와 소설을 쓴 적이 있다. 그러나 그것은 사실 습작정도에 불과한 것이지 본격적인 작품이라 할 수는 없는 것들이었다.

그러다 한국에 돌아와 교직에 몸담고 있을 때에는 실상 일본어 교과서와 논문, 그리고 학술서적 집필 등에 쫓겨 작품을 쓸 겨를이 없었다. 그러다 정년퇴직을 하고나서는 비로소 시간을 얻어 『알사탕 두 개의 교훈』(박이정, 2000년)과 『새봄이 오면』(J&S, 2005년)을 한국에서, 그리고 일본에서는 『追憶(추억)』(振学出版社, 2006년)이라는 산문 에세이를 펴낼 수가 있었다. 그러나 차일피일하던 픽션 작품은 오랫동안 쓰지 못하다 얼마 전 20대의 청년이 된 기분으로 큰 용기를 내어, 이 책의 원작인 『玄海の荒波を越えて(현해의 거센 파도를 넘어)』(幻冬舎ルネッサンス, 2008년)를 집필할 수가 있었다.

다행히 일본에서는 불과 1년 만에 3판을 기록하여, 그에 용기를 얻은 나는 이 책의 줄거리는 한국독자들이 읽어도 괜찮지 않을까하는 생각을 갖게 되었다.

그러나 솔직히 말해 나는 혼자서 두 나라 언어로 문학작품을 쓴다는 것에 대해 많은 망설임과 주저를 느끼지 않을 수 없었다.

그러던 중, 마침 원광대학의 이진호 교수가 번역을 맡아주어 매우 고맙고 기쁘게 생각한다. 그의 능란한 번역솜씨는 좀 딱딱하다는 원작의 결점을 교묘히 보완해주어 이 번역본은 한결 산뜻한 문장으로 재탄생된 느낌이 든다.

나는 이 작품을 쓰려고 생각한 동기에 대해서는 이미 「프롤로그」에 밝힌 바 있으나, 막상 쓰려고 마음먹으면서도 주저하고 있던 나에게 큰 용기를 준 몇 가지 계기가 있었다.

그 하나는 「일본신화론연구」라는 내 대학원강의를 듣던 두 명의 일본인학생들에 대한 이야기이다. 그들은 내 강의를 들으며 '이 내용을 작품화해서 많은 사람들에게 읽히는 것이 좋을 것 같습니다. 역사학이라는 것이 온통 정치적 이념으로 오염되고 있는 현실에서 이 이야기는 나름대로 시원한 청량제가 될 것입니다'라고 말하며 용기를 북돋아 주었다.

두 번째는 2006년 겨울에 역사문화탐방의 일환으로 한국에 온 일본인대학생들과의 간담회 때의 이야기다. 그때 어느 학생이 '고대 일본은 백제와의 사이는 매우 좋았으나 신라와는 별로 좋지 않았던 것 같습니다. 왜 그렇습니까? 신공황후(神功皇后)의 이른바 <신라정벌>도 그런 것을 나타내고 있는 것 같습니다'라고 말하는 것이었다.

나는 '역사의 흐름가운데는 좋을 때도 있고 나쁠 때도 있다. 5~6세기의 시점에서 보면 가야나 백제와 왜 나라와의 관계가 좋았던 것은 사실인 것 같다. 그러나 신라가 이들 나라를 병합하자 당시 왜의 지배층은 신라를 좋지 않게 생각하게 되었다. 그것이 『고사기』와 『일본서기』에 반영되어 일모(日矛)의 후예인 신공황후로 하여금 신라를 정벌케 하는 등 내용이 왜곡되었다. 여기에 이들 사서(史書)의 한계점 내지는 특징이 있는 것으로 생각된다'라고 답변은 했으나, 그 진위여부를 밝히는 것은 어디까지나 역사학의 몫이다.

그때 또 다른 학생은 나에게 이런 질문을 했다. '저는 이번에 한국에 오기 전에 우연히 선생님의 『추억』을 읽었습니다. 거기에는 <호공>이라든지 <연오랑·세오녀>라는 이름이 나오는데 이들은 어떤 사람들입니까? 저는 한일문제에 관심이 있어서 공부하고 있습니다만 이들 이름은 별로 들어본 적이 없는 것 같습니다'라고 말하는 것이었다.

또한 나는 몇 년 동안 한국을 찾는 일본의 중·고등학생 수학여행단에게 한일양국의 문화에 대해서 강연을 해왔다. 그때 나는 일방적으로 내 이야기만을 하는 것이 아니라 가능한 한 학생들과 대화시간을 갖도록 하고 있다. 그래서 나는 이 책에 등장하는 인물들을 포함해서 한일교류에 관한 여러 가지 이야기를 물어보곤 했는데 아직까지 만족스러운 답을 얻지 못하고 있다.

이러한 사정을 감안하여 나는 20년 이상이나 미루어 온 이 작업을 더 이상 늦출 수는 없다고 생각하기에 이르렀다. 그리고 이 내용은 정치적 의도가 비교적 희박했던 2~3세기경까지의 한일교류의 근원적

형태를 어느 정도 살필 수 있을뿐더러, 또한 2천 년 전에 거센 파도를 헤치며 오고간 고대인들의 순수한 낭만이 너무나도 정치적으로 오염되어버린 현대인에게 나름대로의 교훈을 줄지도 모른다는 기대감도 가지게 되었다.

그러나 막상 붓을 놓으려하니 일말의 불안감이 가슴을 억누른다. 과연 이 이야기가 독자들의 공감과 호응을 얻을 수 있을 것인지, 혹은 내용면이나 서술방법에 있어서 치졸한 점이 없었는지 걱정되는 바가 한두 가지가 아니다. 그러나 이미 활시위는 당겨졌다. 모든 것은 운명에 맡기고 오직 독자 여러분의 넓으신 이해와 아량을 바라는 바이다.

2009년 7월

손 대 준

참으로 묘한 형상이 되어버렸다. 흔히 번역서라 하면 어떤 나라사람의 글을 다른 나라사람이 언어를 달리하여 옮기는 것이 상례인데, 이 책은 나랏말은 달리했다고 하나 저자나 역자 모두가 같은 모어(母語)를 쓰는 사람들이니 말이다.

역자가 이 책의 원제『玄海の荒波を越えて(현해의 거친 파도를 넘어)』를 번역하게 된 동기는 몇 달 전 저자이신 손대준 교수님으로부터 받은 한통의 전화에서 비롯된다.

손 교수님은 역자의 대학시절 스승이시다. 교수님은 당신께서 쓰신 책을 상재하실 때마다 그것이 한국에서 발행된 것이건 일본에서이건 나에게 책을 보내주시곤 하셨다.『현해의 거친 파도를 넘어』또한 예외가 아니다. 당시 난 이 책의 발행일을 보고는 언제나 그러셨던 것처럼, 교수님께서 인쇄기의 온열이 채 가시지도 전에 또 책을 보내주셨구나 하는 생각에 고마움을 느끼고 있었다.

누군가 밥은 식기 전에 먹는 것이라 했든가? 나는 언제나 보내주신 책을 대할 때마다 교수님의 따뜻한 정을 느끼며 받자마자 읽곤 했다. 물론 이 책의 원작 또한 그렇다. 첫 장을 읽고 다음 쪽을 읽는 사이,

나는 어느새 마지막 페이지를 읽고 있는 나를 발견할 수가 있었다.

내가 이렇게 보내주신 책의 재미에 빠져버린 것처럼, 교수님에 의하면 원작은 일본에서도 불과 1년도 안 돼 3판째란다. 가히 그 인기의 정도를 알만도 하다. 그래서 교수님께선 일본에서의 관심도에 고무되어 한국어출판을 결심하신 듯하다.

그런데 이 일이 어찌 된 것인가? 교수님께선 본디 일본어는 더할 나위도 없거니와 우리말 또한 유창하신 분이시다. 비록 대학원을 마치실 때까지 일본에서 성장하셔서 당신 입장에서 보면 일본어가 또 다른 모어이기도 한 셈이나, 교수님은 소위 우리나라 초창기 일본어교육자 중 탁월한 연구업적을 남기신 분 중의 한분으로 많은 학술관계서적을 상재하시며 건필을 휘두르시던 분이시다. 그중에는 교수님의 문학적 끼를 마음껏 살린 에세이집도 몇 권 있다. 그럼에도 교수님께선 내게 다이얼을 돌리신 것이다.

처음에 나는 이 일을 맡고 우선 걱정이 앞섰다. 나의 가당치않은 우리말 번역이 혹여 교수님의 천의무봉(天衣無縫)과도 같은 원문에 누가 되면 어쩌나? 그것도 20여개 성상에 걸쳐 마음에 담고 계시던 첫 번째 픽션작품이라는데 말이다.

그러나 이 이야기는 픽션이라 해도 교수님의 전공이기도한 한·일 고대신화에 기초를 둔 내용으로, 그 속에는 오랫동안 생각해오시던 교수님의 메시지가 담겨져 있기도 하다. 그 메시지를 제자인 역자가 우리말로 옮기는 것은 역자본인으로서도 뜻있는 일로 영광이 아닐 수 없다.

이 자리를 빌어 교수님께 감사드린다.

한편, 역자는 다음 몇 가지 사항에 유념하며 번역에 임했다.

먼저 일본어의 우리말표기는 국립국어원에서 지정한 외래어표기법에 따랐다. 또한 번역을 하는 과정에서는 누구나 그렇겠지만 저자의 표현을 최대한 중시하는 선에서 작업을 진행했다.

이는 가끔 원문의 표현 중, 일본어에는 있으나 한국어에는 존재하지 않는 단어 혹은 양국 공히 쓰이고 있으나 그 의미영역에 차이가 나는 단어 등을 산견할 수 있는데, 이와 같은 부분은 원문의 표현을 그대로 살려 한자를 병기하되 문맥 중에 그 의미를 풀어서 삽입하여 독자들로 하여금 읽는데 불편함이 없게끔 노력했다.

그리고 한자표기는 가능한 한 자제했으나, 개중에는 동음이의어로 오해의 소지가 있다거나 혹은 우리가 일상생활에서 자주 쓰지 않는 단어에는 한자를 병기하여 그 이해를 돕고자 했다.

아울러 일본의 옛 지명이름은 괄호 안에 지금의 위치를 명기하여 참고할 수 있도록 했다.

아무튼 교수님께서도 언급하셨지만, 나또한 이제 컴퓨터 모니터에서 눈을 떼려하니 두려움이 앞선다. 그러나 이미 화살은 내손에서 떠나려하고 있다. 과연 이 화살이 과녁을 향해 날아가 몇 점에 맞출지는 미지수이다. 다만 나는 역자입장에서 원제출판 후 일본에서도 그랬듯이, 한국에서도 가능한 한 많은 분들이 이 이야기를 읽고 저자의 메시지를 단 몇 분만이라도 공감해주는 분이 계셨음하고 바랄뿐이다.

마지막으로, 이 책을 발간하기까지 뜻을 같이해주신 출판사 사장님을 비롯하여 편집실 관계자여러분에게도 심심한 사의를 전하는 바이다.

2009년 7월

이 진 호